雨水滴落在葡萄树

李彩华 著

天津出版传媒集团
百花文艺出版社

图书在版编目（CIP）数据

雨水滴落在葡萄树 / 李彩华著. -- 天津 : 百花文艺出版社，2022.12（2024.4 重印）
ISBN 978-7-5306-8440-5

Ⅰ. ①雨… Ⅱ. ①李… Ⅲ. ①短篇小说－小说集－中国－当代 Ⅳ. ① I247.7

中国版本图书馆 CIP 数据核字（2022）第 215535 号

雨水滴落在葡萄树
YUSHUI DILUO ZAI PUTAO SHU
李彩华 著

出 版 人： 薛印胜
责任编辑： 张 雪 **封面设计：** 谢蔓玉
出版发行： 百花文艺出版社
地址： 天津市和平区西康路 35 号 **邮编：** 300051
电话传真： +86-22-23332651（发行部）
+86-22-23332656（总编室）
+86-22-23332478（邮购部）
网址： http://www.baihuawenyi.com
印刷： 三河市元兴印务有限公司
开本： 880×1230 毫米 1/32
字数： 150 千字
印张： 6.375
版次： 2022 年 12 月第 1 版
印次： 2024 年 4 月第 2 次印刷
定价： 59.80 元

如有印装质量问题，请与三河市元兴印务有限公司联系调换
地址：河北省廊坊市三河市黄土庄镇尚庄子村
电话：0316-3180002
邮编：065200

她继续向前走去，
那张脸在她的记忆里
暂时保存起来。

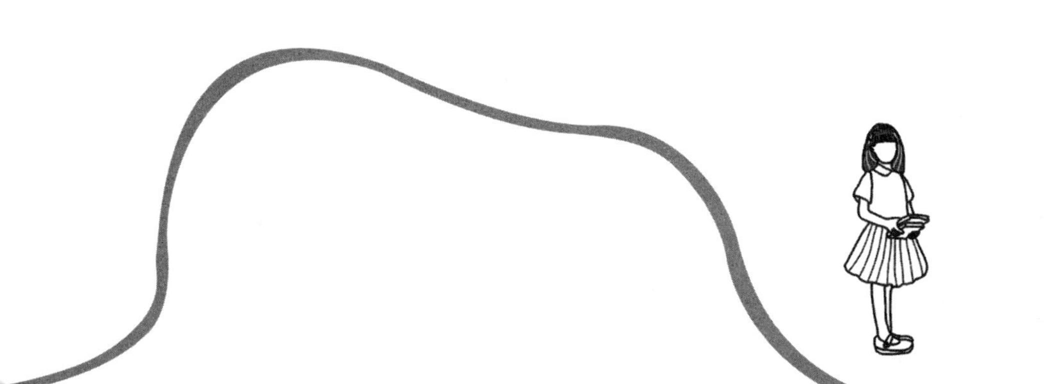

海德格尔说
人要诗意地栖居在大地上
对于我来说
写作
就是简单地坚持
感恩文学
感恩生活

李彩华

CONTENTS· 目录

03 20 29

—

30 38 59

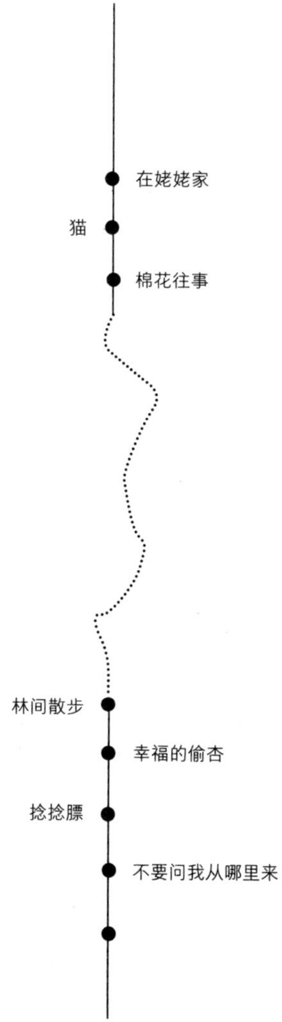
在姥姥家
猫
棉花往事
林间散步
幸福的偷杏
捻捻膘
不要问我从哪里来

在姥姥家

到了姥姥家，花朵就成了香油壶。

姥姥家不重男轻女，反而重女轻男。

到花朵娘这一辈，四舅学着他嬷嬷的话说，又是七个混账小子。三代人了，就生养一个闺女，就是花朵母亲。花朵母亲小时候还是个病秧子，是她爷爷用木轮车推着她到处寻医问药。花朵舅舅们常对花朵说，你娘也就是个闺女，是个小子的话，早不知投胎托生去谁家了。

花朵在姥姥家，同姥姥享受一样的待遇，吃饭的时候，是坐在炕头上的，放一个小炕桌，矮矮的，像趴着一只大乌龟。花朵拿筷子敲，姥姥说，小孩子不让敲桌子敲碗，要饭的才这样敲，吃饭还不能吧唧嘴，“吃饭打梆子，将来挎筐子”，挎筐子干吗，要饭啊。要饭的穿得破烂，拖着棍子，夹着碗，狗撵着咬，花朵怕狗，再不敢敲了。

妗子们给舀上饭端上菜，花朵同姥姥一起吃，不时有舅舅过来搛一筷子菜吃。

表妹小二妮儿拿着块窝窝头，在炕沿边蹭过来蹭过去，好像小猪挠痒痒。花朵把手里的饼撕了一块给她，她一接住张嘴就咬，花朵说，小心，别咬着手指头。三衿子过来，拽着小二妮儿走了。花朵听着小二妮儿的姐姐青青说，吃饼长孬种。

花朵的舅多，七个，一直到最小的舅娶了媳妇儿，才分的家，平时好吃的东西留给姥姥，放在炕北墙的龛里。夜深了，各人都回各屋后，姥姥让花朵把好吃的拿出来，两个人吃。她们吃得最多的是红星苹果，姥姥给苹果削皮，果肉姥姥吃，果皮花朵吃。姥姥把苹果皮削成花，肉墩墩的，这苹果皮吃在嘴里“咯喳咯喳”响，又脆又香又甜，花朵很幸福。煤油灯照的人影投在墙上，又黑又大，花朵就跑到姥姥的影里，从影里穿过来穿过去，哈哈笑，然后帮姥姥捶捶背，用小指头给姥姥挖耳朵，姥姥闭着眼睛，说这小指头好，舒服。

花朵姥爷去世得早，姥姥气管不好，据姥姥说，有一次炒菜，油着火了，油烟一下子扑向她，蒙了，醒来已在院子里，是花朵五舅把她拖出去，还灭了火。烟把姥姥的气管呛坏了，从此落下咳嗽的病根，从花朵记事起，姥姥就盘腿坐在炕头上，没事就喝水，也是压咳嗽，一个茶盘放在她面前，上面有茶壶、茶杯，茶壶里的茉莉花茶从来没断过，一旁暖瓶的热水从没断过。舅舅们知道姥姥的气管炎很难根治，就想方设法讨弄些吃了对气管好的食物，堆在姥姥面前，水果、糖浆、蜂蜜、冰糖等好吃的没断过。

姥姥平时喜欢盘腿坐在炕上，面向外屋门口，有谁进屋都能看到。花朵跟着学，拿一条腿压在另一条腿上，坐不了几分钟，腿脚就开始肿胀发麻，再久一点儿，就会觉得麻痛难耐，两条腿麻得像猫咬一样，下地都不会走路了。

姥姥喜欢逗小孩子玩儿，让小孩子唱儿歌给她听，然后她就从身边的罐头瓶里摸出块冰糖，递到孩子的小手里，孩子吃了糖会更起劲地唱。卧在炕沿前的狗跑到门外，姥姥眯着眼听得像睡着了一样。

姥姥还喜欢养鱼。舅舅们不但给姥姥买鱼缸养鱼，还直接在院子里挖了个大鱼池。面积有多大？花朵不知道，只知道五间屋的院子，除了在两边留出走道，余出的地方全用来建了鱼池，三舅是建筑工，用水泥把鱼池周边抹了一遍，防止渗水。半米深的水里种着睡莲、水葫芦，养着金鱼。

没事的时候，花朵她们几个小孩子陪着姥姥，去院墙南边一个湾里捞鱼虫子喂鱼。说是湾，其实就是村里下大雨往外排水的一个河沟子，多年雨水冲刷，渐渐宽阔了起来，以至于这个地方常年有一摊水，村里人习惯称其为湾。有水的地方就有生命。早晨，在湾边很容易发现鱼虫，鱼虫喜欢群居，浮游于水面，密密麻麻地把水面“染”成了棕红色。花朵他们带着自制的纱布网兜，把它绑在长长的竹竿上，看见鱼虫，几个小孩子轮流用网兜慢慢地反复捞捕。姥姥拿马扎坐在旁边，看小孩子们争抢捞捕鱼虫。

花朵把那根绑着网兜的竹竿抢占了，向左一下向右一下，竹竿弯着腰好像要折断的样子，那网兜在水里就是条大嘴鱼，把那些小小鱼虫吃进肚子里。很快，花朵两只胳膊发酸，累得不行，这才把竹竿给别的表妹表弟。

为抢捞鱼虫的竹竿，有时也起争执，表弟表妹们并不是次次都让着花朵。有一次，为争这竹竿，花朵和小二妮儿扭在一起。小二妮儿先拿着竹竿的，花朵要先用，小二妮儿不给。两人站在湾沿边上，一人攥住竹竿的一头，像两只争一块骨头的小狗，谁也不松手，别的表弟表妹在一旁起哄，“用劲儿，用劲儿啊，鸡斗鸡斗，谁败了叫我舅”。花朵姥姥挪动着小脚，慢慢腾腾，还没赶过来。“给我松手”“你先松手”。小二妮儿最先不耐烦了，“放不放？”“不放。”花朵攥着有网兜的那头，也来劲了。小二妮儿用劲儿一拽竹竿，接着松了手，花朵正弓腿沉腰用劲儿，忽然感到手中的竹竿像活了一样，向她捅过来，一个踉跄，花朵攥着竹竿顺着湾沿滚了下去，幸亏离水很近有一棵小柳树，像小孩子的胳膊，伸长着挡住了她。一个表弟下去把花朵拉上来，两人都沾了一鞋泥巴。姥姥说你个小二妮儿咋这样呢，幸好没事，看你娘不打你。小二妮儿的脸也白了，说，我不是成心的。那天鱼虫也不捞了，大伙呼啦啦回去，等三妗子知道这事，姥姥说，别吓着你姐姐的孩子，赶紧去给她叫叫魂。三妗子牵着花朵的手，又来到湾边那棵小柳树旁，三妗子摸摸树根，摸摸花朵的头，说朵儿朵儿来家吃饭喽，没吓着好了，没吓着好了。看我打小二妮儿去。至于小二妮儿挨没挨打，花朵没见过。隔了两天，两人与其他表弟表妹又玩在一起。

再去捞鱼虫，竹竿的优先使用权该争还是争，小二妮儿却不与花朵争了。

半天时间，捕获的鱼虫团子有拳头大。姥姥就领着他们回家，把鱼虫喂给水池里的金鱼。小二妮儿有时候趁着姥姥不注意，用捞鱼虫的网兜捞上条金鱼，放在水池的边沿上，巴掌大的金鱼，头大肚子圆，鱼鳞在阳光下散发着金色的光芒，鼓着眼，尾巴似五色的薄纱动来动去，嘴巴嘟嘟着，一张一合，好像在喊救命。可怜的金鱼，花朵跑过去，推小二妮儿，说：“你要害死它了。”然后小心地拿起它，放进网兜，再放回水池里，看它很快同其他的伙伴追逐嬉戏在一起，仿佛庆幸死里逃生。金鱼们一会儿游过来一会儿游过去，快活得如一朵朵盛开的牡丹花。水池里的睡莲，早已从梦中醒来，缓缓地舒展开花瓣，向这方天地展示着它的美丽。碧水涟涟，绿叶田田，如玉的花，游动的鱼，玩闹的孩童，闭目养神的姥姥，这是花朵心底永远的画。

随着年龄渐渐增长，花朵去姥姥家的次数也越来越少，她要上学，要哄弟弟妹妹，要烧火做饭，要拔草喂猪，总之，她是个小忙人。可放了假，她还是有时间去姥姥家的。

她看到姥姥在农忙季节里，坐在树荫下烧水，把一根根柴火续放在水壶底下，水壶用三块半头砖支撑着，火苗舔着壶底，偶尔爆出个火花，“咯吧”一声响，像正月十五放的滴滴金（一种火药线，会燃放出金色的火花）烟花。姥姥把烧开的水用大盆子凉着，村里从这路过的人，都可以停下来歇歇脚喝口水，她上坡干活儿的儿子、儿媳妇一回家，也能有凉开水喝。这烧水的活儿让姥姥做得很有滋味。

姥姥对花朵说，小二妮儿就在她的吆喝下，每天放了学先给她抱来烧水的柴火，都是顺溜溜的树枝子、掰了杈的棉花柴、剥了叶子的玉米秸秆，全是好烧的，不用担心浓烟呛人，柴硬火实，她也不用频繁地添柴。然后小二妮儿还要喂猪喂鸡，烧火做饭。忙完这些，天早的话，还要去围子墙掰些洋槐树叶给兔子吃。做完这些才可以玩耍、做作业。她姐姐在外村上学，住校，平时一个月回家一趟，家里大人每天又都要在地里干活儿，家里的杂事都落在了小二妮儿的肩上。

有了两个孩子，三妗子又怀孕了，不能干活儿。庄稼就由家里的兄弟给管理着。

小二妮儿和她家的猪被一块儿赶到花朵家，花朵母亲说，真是的，老三家这猪给喂一年，得费多少粮食啊。这人还吃不饱哩，还要喂它？花朵父亲说，谁让它是你弟弟家的。

花朵穿了一件新衣服，白底印着粉红小花，布料是人造棉，又好看又软和。小二妮儿很喜欢，央着花朵脱下来给她穿穿，两人跑到屋里，关上门，花朵脱下小褂，给小二妮儿，看到小二妮儿的小身板上面的一层黑灰，花朵不愿意了，但也没要回来，说了给她穿就给她穿，不能说话不算数。小二妮儿喜滋滋地转了几圈，抻抻袖子，抻抻衣角，低头看了前面，扭头看了后面，问花朵，好看吗？除了头发乱得像绵羊毛，脖子黑得像碾管芯，是真好看，小二妮儿模样长得像她娘，她娘就是个俊人，双眼皮，白净子脸，细高个。

后来听说小二妮儿跟她娘要了几次这样的褂子，她娘一直不给扯布做，倒是给她姐姐做了一件。小二妮儿也想要一件，她娘说，谁家孩子的衣裳不是老大穿了老二穿，等着，等你姐姐穿过了再给你。

为了这些事花朵总算见到姥姥发脾气的样子，真的像小二妮儿说的那样，提着舅舅的小名骂。

小二妮儿和她嬷嬷格外亲，平时都是她陪她嬷嬷一块儿睡，给她端茶倒水拿尿盆，很得力。

姥姥坐在院子里，让花朵帮着梳头，姥姥的头发长长的，还有不少黑发，花朵给姥姥梳了个髻，姥姥用小手指勾了两鬓的一缕头发，别在耳朵后，说这样好看些。花朵拿镜子给姥姥照，姥姥说，不用照了，瞳仁掉了。

甜味棒子地

八月十五这天，花朵领着弟弟妹妹收棒子，他们不知道这天是中秋节。

他们钻进棒子地里，身影被棒子棵遮掩住，他们很兴奋，觉得自己如敌后武工队，进了这青纱帐，外面的人就不会发现他们。他们“噢噢”叫着穿行在棒子们之间，叶子们“哗哗”地响着，打他们的脸，打他们的手，他们眯着眼，举着手，挣开阻挡的棵子、叶子，找一根嫩棒子啃一口，找一把紫莜莜塞进嘴里，棒子花落得一头一身。很快，这甜味的棒子地里，就传出“咔嚓咔嚓”地掰棒子的声音。

花朵同弟弟花海在前面掰，妹妹花芯在后面捡。一只手攥住棒子把儿，一只手攥住棒子棵，手用劲儿，胳膊用劲儿，身子用劲儿，“咔嚓”一个，“咔嚓”又一个。弟弟说，掰棒子像从鬼子腰里掏枪，一掏一把。弟弟掰一个，嘴里发出“叭”地一声，接着像投手榴弹一样把棒子扔出去，“砰”，棒子被棒子棵挡住，落在地上，妹妹赶紧跑过去，拾起来，再扔。

棒子林好似没有尽头，寂静得几乎听不到人声，人们忙完回家了，只有花朵他们还在地里，累得不行。看着躺在地上的一堆堆棒子，发愁什么时候才能把它们运回去。太阳已经转到西边，贴在棒子梢上，她们盼望着当民办教师的父母快些放学回家。

花海把脸贴在肩窝蹭着，说，姐，咱先歇会儿吧，声音带着哭腔。花海常用袖子抹鼻涕和擦黑板，母亲没有工夫拆洗，只有胳膊肘以上还算干净。听他这么一说，花芯一屁股坐在玉米堆上，抬起小脸，直看着姐姐，说什么也不起来了。花朵踢了他们一人两脚，凶巴巴地说，干完了快回家。两个家伙干脆躺在棒子堆上，赖着不起来。花朵没办法，对他们说，看在确实又累又渴的份儿上，那就歇会儿吧，先说好，就歇一人吃根甜棒子的工夫。花朵瞅准一棵根部绿中带淡紫色的粗粗的棒子秸秆，抬脚用力一踩，“咔嚓”一声，一根“甜棒”到了花朵手中，给了弟弟，再找一根给妹妹，她自己也找了一根，连叶子都没剥，直接用牙啃，啃出绿白的芯，咬一口，又甜又水。

唉哟，花芯一不小心让棒子硬硬的根茎割破了手指，眼看着血珠从那细小的缝里钻出来。花朵赶紧用拇指指甲划下棒子秸秆根部一层白白的粉末，飞快抹在伤口上，一会儿就不出血了。甭说，奶奶教的这治小伤口的办法还真管用。

忽然，听到隔不远的棒子棵里有“沙啦沙啦”的动静，花朵吓了一跳，用手扒着棒子棵钻出头去看，原来是二婶，打着招呼说，老师没来吗？珍珍呢？也没来？

看到花朵，这个高挑的女人扯起衣襟擦了擦脸上的汗水，是花朵呀，吓了我一跳。又笑着说，你老师和珍珍啊？我可请不动那两位大神。

听到远处有人压低着嗓音在喊二嫂，花朵放开棒子棵，说二婶，有人喊你。一瞥间，花朵看到二婶的脸好像红了，也许是头上的围巾映得。

二婶的男人就是花朵班主任老师，珍珍是他们唯一的女儿。她们两家隔一条街，有时二婶带着花珍珍上她家串门，偶尔听母亲问，你那儿咋了？二婶就说让狗咬的。看到花朵过来，两人就不说了。花朵也没见过狗到底咬了二婶哪儿。

花珍珍，长得如同她的名字一样袖珍，整个人比平常孩子小一圈，常用一只手托着腮冲花朵笑。上学以前她们两个就认识，她们曾是病友，去卫生室打针时，三番五次地碰上，由互相望望到互相笑笑，再到互相说话。

“痛吗？”花朵问她。

“不痛，你呢？”花珍珍说。

“痛啊，痛得咬不住牙。”每次打针，花朵就紧张，一看到那细而长的针头，就觉屁股上的肉都在颤抖，针一扎进去，肌肉像凝固了般，有时导致针头崴在里面。每次打针花朵都痛得咬牙，却不好意思掉泪，屁股上起硬包，走起路来腿一瘸一拐的，花珍珍竟然说不痛，厉害。

花朵问：“你还打几天？”

花珍珍说：“我还打半个月。”

花朵吓了一跳：“俺的娘额，你这是得了什么病？”

花珍珍眼都不眨一下：“不知道，就是总咳嗽。你呢？你为什么打针？”

“我？我也是咳嗽，喘不动气。”这咳嗽的毛病折腾得花朵真是没了脾气。两人成了同学后，格外亲近。

花朵的身体越来越好，个子越来越高，珍珍呢，还是老样子，二婶说她身上的骨头像生了锈，长不动。

珍珍还是常常咳嗽，有一次她对花朵说，她的病治不好了，家里再也没钱给她治病了，她娘说就是把娘卖了也凑不够给她治病的钱。珍珍说这话的时候，好像说的不是她，是另一个珍珍。花朵看着这样的珍珍，感觉身子冷飕飕的，又害怕起来，治病要花钱？她以前竟然不知道，她的病肯定花了家里不少钱，担心别像珍珍家那样子。她一咳嗽，母亲就从鸡窝里摸出个鸡蛋，用针在鸡蛋的一头扎个孔，一头磕下块花生米大的蛋皮，让花朵吮吸，说是压咳嗽。花朵一口气吸完，热乎乎的蛋液，带着淡淡腥味，果然让她不那么咳了。晚上睡觉，父亲在一旁轻轻拍打她的背，停下，她咳嗽，父亲再继续拍打。

花朵问珍珍："你爸爸呢？你爸爸不管你吗？"

珍珍大声说："谁说我爸爸不管我？我爸爸当然管我了，我爸爸把他最喜欢的书都卖了，也不抽烟了，很想很想抽的时候，就抽地瓜叶卷的烟，存下钱给我治病。"

花朵不服气："人家说你爸爸好喝酒，喝醉了就打人，打你娘。"

珍珍把手里玩着的石子拍在地上："胡说，他们在胡说，花朵你别信他们。"

对于这事是否是人们胡说，花朵才不关心，花朵关心的是自己家里。好长一段时间，她暗暗地看父亲是不是也喝酒，是不是也打人，家里是不是再也没有钱了。幸好，父亲只是家里来客人时才会喝酒。父亲也打人，但那是花朵他们调皮捣蛋自找的，至于其他的也没看出异样来。

歇了会儿，花朵和弟弟拿篮子把棒子运到路边，装了两筐，放在推车上，往回运。花朵从两只胳膊伸长了刚刚能握住推车的把时，就开始推车了，也算是老车把式。这次，却一不注意，车轮子陷进车辙里，用力向前推推不出，向后拉拉不出，顺着车辙走吧，用不了几步，车辙就会咬住车轮，歪了车，花朵停下，进退两难。这里还前不着村后不着店的，正着急时，从后面赶过来一辆车，这车被棒子堆得满满的，棉槐条编的大篓子放置在两边，车子上面铺着棒子棵，又堆了一层棒子，正巧经过这里时也掉进了车辙里。推车人很年轻，有劲儿，古铜色的胳膊比花朵的大腿都粗。他停下来，拿下脖子上的毛巾擦了擦脸，走到花朵的车边，他说他认得花朵，他是她父亲的学生，花朵其实也知道他，知道他是住在前街上的，家里穷，很小的时候就没有了父亲，初中没毕业就不上学了，花朵还记得父亲说可惜了这么聪明的一个学生。花朵的车子和棒子在他手里像玩具一样，他推起车子，一弯腰一直腰的工夫，车子就从车辙里出来了。

花朵说她要帮那人弄他的车子，他说不用，他自己来就行。他胳膊一抡再抡，车子上面的棒子如下水的鸭子，纷纷落在地上。

这时，二婶挎着篮子，从后面过来，咋的了这是？

那人说，二嫂，没事。

花朵和弟弟在一旁帮忙拾棒子，花朵说，二婶，他车子陷进车辙了，我家车子也陷进车辙了，他帮着把我家的车子从车辙里推出来了，他要把他家的车子也从车辙里推出来，二婶，你也来帮忙。

还没等花朵说完，二婶已跑到车子前头，对那人说，不行的话，把篓子卸下来吧，别扭着腰了。

那人说，没事没事，二嫂，你闪一边。一弯腰一直腰，脖子上的青筋鼓起来，脸色成了紫红，喉咙里发出像野兽一样的声音，车子却没有从车辙里出来。

二婶扑到车子上，直喊停下，花朵看到那人脸上的汗都要淌开了，二婶说，你先放下，我往下拾拾。

那好吧！那人说。

花朵心里还奇怪，这么大的人，比小孩子还听话。

花朵和二婶把棒子拾到篮子里，倒在一旁。

花朵说，你家的棒子长得真大，真多。

那人没说话，看着二婶，嘿嘿地笑。

花朵又说，你家的地也在这块吗？

那人还没说，二婶先说，是啊是啊。

花朵还在说，你家不是二队吗？二队的地不是在老墓田那儿吗？

二婶说你个小孩子还知道不少事，他们的地没在这块，咋就不能帮地在这块的人家的忙呢？

那人又弓起腰，说你们让让，我再试试。

这次，车很容易就从车辙里出来了。

二婶让花朵先走，她留下来帮忙。

花朵和弟弟推着车走了。走了很远，还听到二婶的笑声。

傍晚，一放学，花朵父母甚至没有换衣裳，就到地里干活儿了。他们几乎年年教毕业班，毕业班不放秋假。

月亮升起来，照着全家回家的路。

秋风不时旋起，刮得周围一片“哗哗啦啦”地响，不时有枯黄的棒子叶飘起。

花朵父亲推着一车棒子，花芯坐在车上，花朵和花海跟着母亲走在旁边，一家人有说有笑。

一回到家，花朵母亲神秘地笑着，拿出了一个月饼和一个苹果，宣布这天是八月十五中秋节。花朵有点埋怨，为啥不早点说，早说了早盼着好吃的。母亲说，早说了你们不早闹着要？这不也早早地把好吃的给你们备下了？花朵瞥了眼花海，也是，幸亏没早说，早说了的话，这月饼和苹果不定让谁偷吃了去。花海嘿嘿笑着说，快分月饼快分苹果。

花朵他们围在母亲身边，馋得直咂巴嘴。

母亲拿菜刀把月饼和苹果在菜板上切成四块，一个孩子一块儿，两个大人一块儿，嚼得冰糖咯吧响，还有红红绿绿的丝线，好看又好吃。

全家人吃完一个月饼，花朵母亲用纸包了两个，还有两个苹果，让花海给爷爷奶奶送去，花海拿着跑出去，不一会儿，他飞跑回来，手里举着半边月饼和一块苹果，高兴的嘴都咧到耳根了，举着在家人面前显摆，馋猴似的喊。花朵妹妹一见，马上就后悔没给爷爷奶奶送，围在弟弟身边，嗲着嗓子说，给我咬口苹果，给我咬口月饼。弟弟倒很大方地给她咬，可他盯着她嘴巴的表情，让她实在不好意思张大口，只好咬一小口，就算是甜甜舌头也觉得占了好大便宜。

第二天，天空阴沉沉的像要下雨的样子，只好把院子里的棒子倒腾进屋里，棒子腾腾地冒着热气，得赶紧收拾，不然要发霉长毛。匆匆扒几口晚饭，花朵同父母一起开始剥棒子皮。

“刺啦”“刺啦啦”撕开一层层的棒子皮，这声音听在花朵耳朵里，就是“困了”“困了啦”。花朵手里机械地动着，想着什么时候能美美地睡个够，哪怕是躺地上，枕着块半头砖也行啊。

花朵母亲把一个个带着一层薄皮的棒子编绑成一长串，叹了口气说，好不容易起早贪黑急火火地把大田里的秋庄稼分回家，大田里的地就分到各家各户了。这么多人的地，孩子又小，这可咋整？

花朵父亲说，愁啥，车到山前必有路，说完站起身把一长溜棒子挂在院子里的一棵大梧桐上。母亲说，要不我不教学了，在家种地，给你们做饭吃。

父亲说，你的能力比我强，你教得也很好，不教学的话太可惜了。

那怎么办？母亲说。

凉拌！父亲说，到哪山砍哪柴，咱俩早晚多受点儿累，先撑一阵子再说吧。

母亲说，什么时候了你还开玩笑，也只能是走一步看一步了。

花朵迷迷糊糊间，听到母亲说，清高媳妇离婚了，你知道这事吗？清高？清高不就是她老师吗？清高媳妇不就是二婶吗？昨天还见她在掰棒子哩。听父亲说，不会是真的吧？什么时候的事？母亲说，最近的事，带着孩子已经离开家了。

花朵一下子清醒了，你说谁离婚了？

母亲说，是珍珍她娘离婚了。

花朵说，那我老师呢？没看见？

他呀，喝醉了酒，等早上一觉醒来，老婆孩子早走了。

花朵说，我还想明天早上烧个嫩棒子给珍珍送去哩！

父亲撵着花朵去睡觉，一边说，是啊，多好的一个小年轻，没想到，真没想到会做出这样的事。母亲连着把三个棒子剥成光溜溜，说难怪，她日子不好过。出栏、浇地、收种庄稼，哪样活儿也不轻快，清高那个懒汉没法指靠。

花朵想起棒子地里喊二嫂的声音，二嫂脸上的红晕，还有二嫂的笑声，棒子棵遮掩了他们，他们又挣了出来，阳光跳跃到他们身上，蔚蓝高远的天空，没有一片云。

猫

王建设家养了一只猫，长得肥头大耳，气势汹汹。

原本王建设不喜欢猫，喜欢狗，家里就养着一只大狼狗，一有人来，狗就叫得凶，往人身上扑，幸亏铁链子拴着。大狼狗死了之后，王建设喜欢上了这只猫，觉得这猫不比狗差，一身的霸道气。王建设没有闺女，干脆就拿这猫当闺女养。这只小儿子从他姨家抱来的猫，会在他的衣服上拉屎，还把衣服团起来，气得小儿子跳脚，朝着猫的脑袋就是一巴掌，还找了帮忙的再想捉它。好家伙，这猫愣是冲出几个半大小子的包围圈，跑到墙上喵喵地叫，弓着身歪着头，那不屑的傲娇样，引得王建设大笑，越发喜爱这猫，没事就逗逗它，晚上让它睡在脚那头。王建设平时一进门就唤猫，一会儿看不见猫就要去找，“咪咪”地唤着叫着；吃饭前先喂猫，咬口馒头，挑块肉，嚼碎了，给猫吃。猫身上白灰线条错落着，像老虎皮。当猫蹲在他的肩头，或者跳掷在门口的粉花中，或者爬到院墙上，追一只小鸟，得到附近四邻或路过的人称赞说好猫时，王建设脸上就现出一种莫可言说的矜夸，好像是养着一个好闺女。

时常有村人打招呼，你家妞妞呢？

有人还顺手递几条鱼，用报纸和方便袋包裹严实，不多，三条或者五条。送鱼时还特意嘱咐，给你家妞妞的，你可不许偷吃了。

王建设一手拿着包裹，一手拍那人的肩膀，放心，我可心疼我家妞妞了。

这些日子正是村里调地的时候，王建设忙得有些顾不上猫，反而问候猫的和给猫送鱼的多起来。

当然猫不会知道这些，仍会沿着墙头屋顶追随着他，在村委办公室讨论事的时候，它会缩在他的怀里，打着呼噜，心情很好。

这天猫失踪了，全家人找了两天，最后在家里的夹道里找到了。猫大睁着眼，身体却已经硬了。看样子是吃了死耗子。

是王来和家放的耗子药，王建设说。

前几天，他蹲茅房，听到墙那边传来说话声，王来和老婆说，家里耗子太多了，把鞋都啃了。王来和说，赶集买几包耗子药，药死它们，这耗子也太猖狂，我在猪食槽那里看到一只耗子，敢和我瞪眼，不怕人呢。

正巧村里调地的事到了要紧处。愿意调地的说我们家儿媳妇都过门好几年了，孙子都会打酱油了，现在还没分到地，你说这公平不公平？还有的说，当初分的地太少，打的蔬菜大棚多年还是老棚，没法整新棚，老棚里面的细菌多，重茬，根线虫多，再不调地，没法活了。不愿调地的人说我家的地承包这么多年来，每年向地里投入得太多了，他们用了多少粪？我们用了多少粪？不说猪粪、鸡粪，只豆子地里上了多少斤？啊，这地弄得好好的，到收益的时候了，一句话说调地就调地，那不是旱地里拾鱼想好事吗？实在要调也可以，必须把这些投入补偿给我家，要不我们岂不是亏大了。那些刚建起大棚三两年的人家，他说他家为了建大棚，屋都没盖，老人又有病，所有存款几乎都投到大棚上，说拆就拆，一点补偿也没有，这也太不通人情了，说不过去啊。嫁出闺女的人家也有的说，我们家姑娘虽然嫁出去了，但人家村一直没给分地，闺女总得有个吃饭的口粮地吧？不能两边都误了啊！我家这边的地当然是要先给她保留着。

村里大部分人都想调地，想调地的人家中有王来和家，他家属于没法整新蔬菜大棚的。村里说调地不要紧，先把以前欠村里的提留交了。村里交提留的时候，有几户没交，其中就有王来和家。

王建设是村主任，带着人去了王来和家。

一进门，迎面是一棵碗口粗的榆树，一群麻雀在与鸡争食，见人来，“轰”得一下飞到树上，南墙边，太阳照不到的地方，用土圈培着一捆葱。

王来和吹着口哨，把他出摊算卦用的家什，装进一个人造革黑包里。

什么风把大侄子吹来了。王来和停下吹口哨，赶紧说，屋里坐，抽支烟。

王建设说甭来这一套，挥手向那支烟扫去，烟落在地上。

王来和弯腰去拾。

王建设眼前仿佛出现猫戏弄老鼠的样子，猫拿爪子一下一下拍老鼠，老鼠拼了命想逃离猫爪，直累得躺在地上动不了，猫蹲在一旁，也不动。老鼠休息会儿，再跑，猫一伸爪子，又捉回来，不吃，就戏弄。王建设想象自己待在猫的旁边看得哈哈笑，拍着大腿说，好猫。这么好的猫却没了。

王建设的大脚踹出去，印在王来和的胸膛上，王来和也像那支烟一样，落在地上。所有人都蒙了，王来和蒙了，跟着去的人蒙了，王建设也蒙了，谁知道这王来和这么不经踹，比靠在墙边的棒子秸还易倒，在家里踹老婆踹儿子，不都是这么踹吗？也没见他们有咋地。直到王来和老婆哭喊着，老天爷，这是咋了？这是咋了？啊？忙着扶王来和，大伙才醒过神来，眼看着王来和一口气上不来，脸都变紫了，王建设心里害了怕，说了几句场面话，你个随娘嫁过来的，甭躺地上装样，这提留早晚得交，拖得了初一拖不了十五。说完就往外走。

王来和的儿子站在一旁，一声不吭。

王建设的气算是撒出来了，心里也消停了，以为事儿就这么过去了，没想到，王来和连气带伤，一病不起，村里的地还没调完，他就去世了。去世了也没什么，早死晚死都是个死，让人犯了嘀咕的是，王来和没有出殡，只是火化了，把骨灰盒放在家里。这事就蹊跷了，不由王建设心里打鼓，王来和家这样做是什么意思？不给王来和出殡，是不是那孩子想报仇啊，可一个十二三岁的孩子给他个胆又能做什么。不过想着那天王来和儿子就那样静静地站在那儿，眼睛盯着他的样子，王建设心里忽然生出了一种恐惧。

那恐惧开始时很小，甚至可以忽略不计，可是，随着日子一天天过去，王来和家一直拖着不给他出殡，村里更有人说，王来和临走的时候，说了一句“王建设埋在我前头”，不知什么意思。王建设越发恐惧起来。

恐惧就像一个怪兽，越长越大，时时刻刻挠的他不安宁。

王建设时常留心王来和的儿子，留心他家的动静，半夜爬起来蹲在茅房听墙那边的动静，时不时踮起脚抻长脖子隔着墙头向王来和家张望。日日夜夜等待着王来和的女人和儿子给王来和出殡，暗自期望着有男人去骚扰那女人才好，哪怕传些风言风语也好。按捺不住的时候，他会在没有月亮的夜里，转到王来和家屋后，往他家扔几块砖头，弄出点响声来。

几年过去，那孩子照常上学放学，那女人也没改嫁，这期间，听说也有人给那女人提亲，那女人很坚定地说，这辈子哪儿也不去，就守在这儿。

看样子是没什么事了，王建设张狂的性子渐渐有所收敛，出门格外小心。他能不出远门就不出远门，能不喝酒就不喝酒，遇到非喝不可的场合，那也是撙着喝，不敢放胆，并且添了个毛病，喝了酒喜欢围着树转。以前他听人讲鬼故事，说，有些人死了会诈尸，诈了尸的鬼就会走直道，人绕着树跑，这诈尸鬼不会拐弯，遇到树，当成人，把尖尖的牙和长长的指甲深深扎在树里，拔不出来，过不久，就会真死了。他还记得十几岁的时候，每天上学，总是路过一户人家，那家在院子里放着一口水泥棺材，他老认为那棺材里藏着诈尸鬼，不定什么时候蹿出来。当然，他已经好多年想不起这事了，若没王来和家这蹊跷事的话。

眼见着这事好像是自个儿吓自个儿，他的胆儿又开始肥起来。一天，王建设去邻村赶集，晌午在一个朋友家住下喝了点儿酒，回来的时候有点晚了，醉醺醺地往回走。走到一个偏僻的地方，尿急，意识里还知道找个犄角旮旯，这泡黄尿正撒到舒服处，一个东西当头罩下来，被人按倒在地，一顿拳打脚踢。等他从晕头晕脑中清醒过来，拿下罩住脑袋的东西一看，是一麻袋，心里又惊又怕，这是被人黑了，给的警告。会是什么人呢？他站起来四处张望，周围静悄悄的，一只狗夹着尾巴，热得伸着长舌头，远远地看着他，一副随时要跑的样子，树上的蝉自唱自乐，大热晌午的，一个人影都不见。他觉得眼前的热风像水一样在他的周围晃动，又仿佛晃动的是一口棺材，好似有东西要从棺材里跑出来，他吓得出了一身汗，头都不敢回，一路脚步快得好像跑，看到大点的树还绕一绕。

回家后，他越想越气、越害怕。这会是谁呢？以前他当生产队长的时候，曾踹过一个妇女，那是王福田的老婆，她偷着藏在怀里两穗玉米被他发现了，搜出来的时候，还顺手在她鼓鼓的胸脯上抓了两把，然后一脚把她踹翻在地，那女人坐在地上，两眼冒凶光，要不是旁边有人拉着，他非得踹得她躺炕上十天半月不行。他还踢翻过一个孩子的篮子，那孩子摘生产队的麻叶喂兔子，当时那孩子吓得直哭，现在那孩子也长大了。他也调戏过青年妇女，看电影的时候摸过她们的屁股和胸，当时看她们嬉笑着骂他，倒也不像是恼的样子。

被罩麻袋挨打的这事，回家就同儿子们说了。他的四个儿子，个个生龙活虎，谁见了谁竖大拇指，免不了行事上有些霸道。树大招风，他们心里也明白这样招惹是非，但来到事上就想显摆，控制不了。最后他们把怀疑的对象锁在王来和家的孩子身上。他们的怀疑也是有根据的，因为那个孩子有五个舅舅，联合他舅舅们暗中教训王建设一顿，也是很可能的。只是没有证据，王建设也不能说什么更不敢做什么，他很明白，表面上他和他的儿子们牛气哄哄的，其实是在虚张声势。

暗中又观察了那孩子好长时间，他在外村学校上学，两个星期回家一趟，平时言语不多，没有异常表现。

哎！谁知道是哪一天与哪一个人结下的哪一个怨。

王建设很后悔踹了王来和一脚，踹王来和一脚不要紧，要紧的是王来和死了。王来和的死本来与他王建设也不会有什么关系，问题是他死的时间，就在他踹了人家后不到一个月。这样，王来和的死就与他王建设有了关系，而且是很大的关系。自从他踹出那一脚后，就后悔了，一直后悔，当时要不踹那一脚就好了，哎，都是因为那只猫，该死的猫。想起踹向王来和的那一脚，就想起那只猫，就忍不住骂，骂自己，骂那只猫，骂王来和，早不死晚不死，非要死得让他王建设下半辈子抬不起头。

王建设夜里开始睡不着觉，就是睡着了，也是做梦，梦到走路走到一处悬崖，被一群人围攻，走不了。也会梦到那只猫，猫一会儿在他身上撒欢儿，一会儿拿眼瞪他，目光诡谲，让他不敢直视。梦到棺材，棺材盖子"咔咔"响，好像是他家的猫，好像是王来和，想着从棺材里钻出来。

不久王建设生了一场病，留下了半身不遂的后遗症，走路挎筐子，吃饭咬腮帮子，说话嘴里像含着热地瓜，乌啦乌啦让人听不清。

王建设觉得那恐惧越长越大，已长出它的身体，悬浮在他的周围，于是他看什么都恐惧起来。墙边种着扁豆，花开的时候，引得蜜蜂嗡嗡地响成一片，他听着像有人在耳朵边上骂他，他怒吼着把那些扁豆都给除了。墙头上有几棵虎耳草，碧绿的叶子，顶着粉红色的小花，蚊子咬了，小虫叮了，掐片叶子下来，按在痛痒的地方，很快就好，他也吼叫着把那虎耳草都拔掉。怪物，都是些怪物。家里的树也砍了，他说晚上躺在炕上隔着窗子往外瞅，月亮底下，每棵树下都站着个人，准备害死他。

平时身边一看不到人，他就会尖声喊叫，快来人啊，杀人啦，救命啊……恐怖的叫声能传遍半个村子，声音让人瘆得慌。这样折腾也不是办法，家人就把他放在轮椅上，推到大街上，放在那些玩的、耍的、过往的人多的地方，人多就不担心有人杀他了。

不长时间，在人多的地方他也害怕。大睁着两眼的样子，有人开玩笑说他像他家的妞妞一样时刻保持警戒，他骂人家，你才像妞妞，你全家都像妞妞，气得人家不理他。

看着这满头灰发、浑身臃肿得像怀孕五个月、整天嚷着怕死的王建设，村里人这才想起十五年了王来和家还没出殡。其间也有人去劝说，不管为什么事，先入土才是，你们这样弄得家宅不安。

王建设的儿子们也去劝说，王来和家就是不松口给王来和出殡，给钱也不同意。为什么？什么也不为。再问，王来和的儿子就说，这不是明摆着的吗？这回答让王建设更受折磨，不但他自己，就是村里人都认为他成神经病了。

那天王建设好像特别精神，说他有办法让王来和家出殡，他让儿子推着走进王来和家。他家那棵榆树又长粗了些。

王建设被儿子扶着，腿一迈进屋里，就软了下来，趴在王来和的遗像前磕头。他拿过儿子点的香，拜了拜，插在香炉里。王建设跪坐在地上，额头上沾了些土，说道，当时我只想着杀鸡给猴看，没想到会是这样。他又要磕头，王来和妻子连忙拉住了他，说别这样，你要是出了啥事，我们家可担不了。

不久，王来和的家人终于给王来和出殡了。出殡时，王来和家还请了王建设的儿子参加了葬礼。

那天，送殡的人不多，看殡的倒不少。原本遇上红白公事，村人大都去，有帮忙的，有看热闹的，大人抱着孩子，老人拄着拐杖，家里的狗和猫也跟着。

大伙儿看到王来和的儿子从院子里出来，手里提着一个白色塑料袋，顶着两个红眼圈。他站在院门口，朝周围看了看。人群中，王建设坐在三轮车上，不停地抹眼泪。王来和的儿子从塑料袋里摸出一沓子钱往看殡的人群里一扬，姿势像天女散花。王建设觉得那钱像是朝着他的脸砸来。人们忙着低头捡钱，王建设在人群里“呜呜”地抹眼泪。

听到有人问，你抢了多少？

我就抢了一张五十的，你呢？

那人欢喜地说，我也抢了张五十的。

仿佛谁也没有注意王建设的存在。

一张五十的落在他的腿上，王建设手一挥，将它扫到了地上。这时，一只猫过来，扑向那张钱要了起来。王建设看着看着，竟然哭出了声。

黑子是条好狗

花朵与花文民原本没什么来往，两家隔着一条街又三排屋，只因为一条叫黑子的狗，两人才常在一起耍。

黑子是条好狗，耳朵耷拉着，尾巴卷翘着，一身棕黑毛，只在眼皮有两撮灰毛，杏仁大小的眼睛，让人感觉又呆又萌。黑子还是条有教养的狗，从不乱叫，不像村里有些狗，见到根鸡毛在地上滚动，就叫得像家里进了小偷。都说不叫的狗咬人，但黑子不喜叫却也没见过它咬过人。

村里的孩子放学后先不做作业，去坡里割草，从草刚冒芽割到枯了黄了，这活儿都不用家人交代。

花朵挽着篮子站在花文民家的院墙边，脚后跟抬起落下，脖子一伸一缩，恨不得身子翻过墙去，墙那边正热闹着呢，墙上的扁豆花开得也热闹，紫得同花朵的小褂子一样。

让你咬人，再让你咬人，看俺不打死你。

花文民的爹举着搂草的耙子，耙子中间还少了三根耙齿，向黑子拍去，耙子落下的地方总是离黑子尾巴有那么一小段距离。除去掀起一耙子一耙子如烟的土，什么也没拍到。

花朵看得嘻嘻笑，这是打狗还是捕蚂蚱？那大个土蚂蚱，一展翅能飞几米远，蹦得比棒子棵还高，想捉住它，不容易。等豆子割了、棒子收了、地瓜挖了的时候，拿着自个儿做的拍子，找张硬纸片绑上根小木棍，到那蚂蚱们喜欢待的路边、沟旁、坡埂上，随便拍，几乎拍拍不落空。把拍到的蚂蚱放在空酒瓶里带回家，让家里大人做成蚂蚱酱，能顶好几顿菜。

花朵手里托着抹了虾酱的窝窝头，琢磨着虾酱和蚂蚱酱哪个更好吃时，黑子正围着院子不停地转圈，有时把尾巴夹在两条后腿之间，有时把尾巴卷在背上直晃，松软的毛像一面小旗在飘动。花朵眼睛盯着黑子的尾巴想，什么时候找个机会把那毛剪下来做个毽子，又好看又好用。花朵知道这机会大概很难得，每次见了黑子，花朵都想用手摸摸那毛。花文民嘴里说行，却总是用胳膊阻挡着，并说小心黑子发脾气咬了你的手。花朵只好继续想。

黑子“汪汪”叫，花文民在一旁跳着脚喊，没打着，没打着，黑子，往街上跑。黑子跑到花文民身后，伸着舌头喘。花文民的爹拄着耙子，张着嘴喘。花文民的爹右眼皮上有块疤，在村里有个外号疤眼子。看着花文民的爹，花朵就想唱“疤眼子疤拔地瓜，拔不出来活气煞”。花文民的爹举着耙子冲花文民过去了，打死你个熊孩子，让你放狗咬人。花文民顺手摸起草筐子，招呼着黑子，边往外跑边喊着，胡说，根本没咬人，咬得是狗。他爹的声音更高了，咬狗也是咬。

花朵和花文民还有他家的黑子跑过村东的碾台，跑过二队的油坊，在湾边柳树荡了个秋千之后，还听到他爹在喊，再让狗咬人，就打杀它吃狗肉。

吃狗肉？花朵咬一口窝窝头舔一口虾酱说，你家的狗不是不咬人吗？咬了谁这是？惹得你爹要吃狗肉。

花文民摸了摸黑子的头，黑子“呜呜”了两声，亲昵地用头蹭花文民的腿。花文民说，谁知道咋回事，黑子平时脾气好着哩，从来不咬人，可一见花友子就咬，你说奇怪不奇怪？

定是他惹到黑子了，对不对？要不咱也不咬他。花朵掰了块窝窝头给黑子，黑子一口吞了，眨着小眼睛看着她，不停摇尾巴，花朵再掰一点儿给它。花文民说，这次真不怪黑子，要怪就怪友子。都知道友子家养不起来狗，凡是抱进他家的小狗，不是淹死就是吃了死耗子被毒死，再不就是莫名其妙地找不到了，友子再稀罕狗，也没能养大一只。黑子不是见了他就朝着他叫吗？友子大概很生气，这次不知去哪儿找了只狗，约战黑子，黑子一口气就把那只狗打败了。我想友子肯定不会就这样算了，他定是在想什么花招来对付黑子，你看着吧。

花朵说，友子咋这样，还同只狗较上劲了？

黑子曾经是一只流浪狗。有一天早上花文民去上学，一出门，就见一只狗趴在他家的沟旁，他走过去，那狗站起来躲开了，花文民转身回家，躲着母亲拿了块窝窝头扔给了狗，狗叼起来看了看他，瘸着一条腿跑远了。放学的时候，花文民约了花朵一同寻那只狗。他们见到它的时候，那狗正在他家门口转悠，身上的毛这里少一块儿那里少一块儿，浑身脏乎乎的，脖子那块湿漉漉，看着好像是血水，肚皮紧缩着，肩胛骨如两把菜刀。那狗头上的毛焦了一块，像是让人点火烧的，一见有人过来，吓得夹起尾巴就跑。花文民看着夹尾巴的狗，对花朵说，弄不好这不是狗，是狼。

你咋知道的？花朵很喜欢小动物，总觉得这些动物懂人性，什么小狗小猫小猪小鸡小鸭的，见了就想抱抱，喂东西给它们吃。听花文民说这是只狼，花朵一点也不害怕，还很希望是狼，反正狼也是只小狼，养熟了，更通人性。

花文民说，狗尾巴平常是翘着的，只有狼尾巴翘不起来，这是大人们常说的。

后来花文民再看见那狗，远远的就呼唤它，嘴里说，狼狗过来，给你点儿吃的。花文民正是掉牙的年龄，门牙掉下来，被姐姐扔在屋顶上，说这样再长出的牙又白又齐整。他用右边的牙咬下豆粒大的一点儿窝头，放在手心里，一脸的友善，来，狼狗，吃吧。狗慢慢踱过来，警惕地四下观察着，夹着尾巴，一身的紧张劲儿，往前走两步再往后退退，转几下身，随时准备逃跑的样子。花文民对它说，我是好人，不打人，更不打狗，来，吃吧。蹲在地上，往前挪了几步。花朵也蹲着，没动，两手抱着腿，头伏在膝盖上，看花文民和狗，她愿意这只狗跟了花文民。现在基本上确定这是只狗了，它的尾巴时常夹着，但有时也会翘。

花朵知道，花文民做梦都想有一只狗，他娘说，人还吃不饱哩还养狗养猫？你说你咋想的？他娘还说，养狗除去看个门有啥用，还不如养个鸡养个鹅的，下蛋又能吃又能卖钱。他姐姐曾给他要了只小花狗，可惜不长时间，掉到猪栏的水里淹死了。要是自家的狗生了小狗，花朵肯定先送给花文民一只，可是她家的阿黄是只公狗。

也许这狗感觉到前面这个小男孩不会欺负它，当花文民把手里的小块窝头向它扔过去时，没等落地上，它会张嘴一下接住，花文民就拍着手说，有趣，好玩。他又把手里的窝头用牙咬了几块，接二连三地扔给狗，狗跳起来一一张嘴接住，然后老实地蹲在一边。

有时这狗进到他家院子，花文民的娘把洗涮水省出点儿给它喝，一来二去，这狗就在花文民家不走了，自己在柴草垛旁找了个窝，每天在院子进进出出，尤其爱跟着花文民，简直就是他的小伙伴、小保镖。家人都夸这狗通人性，吃的东西不扔给他，他会守着一口也不动，吃饭的时候，干粮簟子放在水桶上，它一抬头张嘴就能够着，但它好似连动干粮的念头都没有，静静地趴在地上，盯着人咀嚼的嘴巴。

花文民成天与黑子玩在一起，走到哪儿带到哪儿，常把它背在身上，架在脖子上，黑子的前腿抱着他的脖子，后腿搭在他的胸前。有时候，花文民两手握住黑子的前爪，一上一下做飞的动作，一路张扬着跑，笑声不断。花文民对花朵说，小时候看电影，他爹就是这样把他架在脖子上，累得他爹脖子痛了好几天，像折了脖儿的蛇虫子（蜥蜴）。花朵知道花文民的爷爷奶奶都不在了，他最小的姐姐也比他大八岁，从小家里的人上学的上学，上坡的上坡，没人陪他玩儿，这下得了黑子，可是宝贝得很。

路上到处都是草，有节骨草、蹲拔草、蒺藜、家鶡子蓑衣、青青菜……密匝匝的，都是猪和兔子爱吃的，猪草开着花，像小喇叭一样，花朵都舍不得拔，先掐几朵别在辫子上。周围的棒子到他们的腰高了，花文民说，结了棒子就好了，出来拔草时吃两个嫩棒子，犒劳犒劳自己。

花朵说，你不怕被友子爹抓到？

怕，当然怕了，咱村里谁不怕他？

那你还敢吃嫩棒子。

花文民说，哪会那么巧让他碰到。

黑子撒欢地玩，用鼻子碰碰花，打个喷嚏，一会儿又追着花蝴蝶跑，蝴蝶落到他的鼻子上，它用爪子摸自己的鼻子。

远远地看见一个怪物过来，拖了长尾巴，没有头，再细看，是一个人，扛着镢铲，将镢铲头搭在肩上。花朵捅了捅花文民说，友子的爹。花文民退了两步，身子向花朵挪去，躲在花朵后面，又把草筐子扣在头上。黑子夹着尾巴，弯着身子，一声不吭，跑出去几米远。友子爹走过他们身边，戴着草帽，头都没转动下，仿佛他们是棵树，是根草，或是路旁任何东西，只是把镢铲头从左肩换到右肩。

直到友子爹拐弯去了另一条路，花文民才把头上的筐子拿下来，扑打着头上的草，问花朵，你看到他的腿了吗？像牛腿一样粗，也像牛腿一样长着好多毛。花朵说没看到他的腿，看到他的胳膊了，比我的腰都粗。又说看到他的手了吗？他的手比你三个手都大。花文民说，友子爹太吓人，我都不敢看他。花朵想了想说，友子不怕他，友子曾同我说过，有一次，他爹打他，他就在地上打滚，然后摸了根棍子给他爹，对他爹说，打吧，你打吧，打死我，你就没有儿子了。从那以后，他爹不敢打他了。花文民说，友子真牛，敢跟他爹较劲，这招我跟他学了，我爹打我的时候，我也这样说，看我爹怎么办。

回到家，屋里已点上灯。花文民快速把筐里的草倒在猪栏里，家里人不知他拔了多少草，不会嫌他拔少了，训斥他。这次确实拔得不多，只贪恋着同花朵和黑子耍了。

回了屋里，感觉怪怪的，往日这时候，一家人早就吵吵嚷嚷着吃饭了，饭桌摆在当屋，爹坐在靠沙栏子（锅台与炕之间半人高的墙）的炕沿上吸着烟，娘张罗着舀汤拿饭，屋里的热气和饭菜味在屋外就能闻到。可今天娘坐在灶台边抹着眼泪，爹抽着烟蹲坐在门槛上，大姐出嫁了，三姐四姐贴墙站着，娘说，你倒是说说这是咋来？二姐在里间嘤嘤哭，不用你们管。黑子走到屋门口的时候，花文民爹拿起烟袋锅子朝黑子身上就一下，打煞你个狗。黑子叫着跑了。花文民很纳闷，想给黑子打抱不平，但看见爹阴沉沉的脸，他没敢吭声。

过了不长时间，友子又来约战花文民，友子很气愤，花文民你姐姐不害臊，勾引我爹。花文民这才明白那天二姐躲在房里哭，原来是因为友子爹的事。于是花文民提着友子爹的名字喊，花向田，花向田。小孩子喊大人的名字，就是最厉害的骂。在村东河滩里，两个孩子扭成块儿，花文民把友子的褂子撕了个口子，友子心疼得哇哇叫，喊着他带来的狗，右胳膊举起狠狠放下，上，咬他。养一只狗，平时帮着背书包，驮草筐，下河的时候帮着看衣服，打架的时候是帮手。现在，两个孩子打出火，双方的狗也下了手，很快咬在一起。这次不知友子去哪儿借了只狗，棕红色的毛，两只尖尖的耳朵，尾巴又粗又硬，大概就是人们说的狼狗。黑子就是条土狗，与这狗一比，又瘦又小，根本不在一个档次上。那狗很快咬了黑子的肚子，咬了它的耳朵，咬得血淋淋的。黑子败了，远远地躲在一边，用舌头舔着身上的血，看到花文民被友子按在身下，黑子冲过去，朝着友子的腿就是一口，疼得友子大叫一声，放开了花文民。花文民担心黑子把友子咬坏了，赶紧喊开了黑子，两只狗两个人对峙着。友子瘸着腿先走了，你等着，我告我爹去，也告你爹去，看他们咋收拾你。

花文民等着他爹像上次一样，闹腾着打黑子、打他，可是都过了两天了，也没见他爹发脾气，心里纳闷友子没告状还是他爹不追究了。他们消停了，他花文民还不想消停哩，晚上趁着小伙伴们捉迷藏的时候，他叫着花朵，走走，做好玩的事去。花朵问，什么好玩的事？他说，到了就知道了。花文民边走边拾胡同里的砖头瓦块，还让花朵也拾些，脱下身上的褂子包住。他们沿着大街向西走了两条胡同，在第三条胡同尾停下来，花文民拿出一块砖头，“咚”地一下就扔进了一户人家，边扔边说，让你欺负我二姐，还让花朵也扔。花朵没扔，往人家扔砖头干啥？人家惹着你了？花文民像疯癫了一样，从铺在地上的褂子里，摸起砖头扔砖头，摸起瓦块扔瓦块，只听到“咚”“啪”声不停，不停响着的还有花文民的声音，高一声低一声，让你欺负我二姐，让你欺负我二姐。花朵这才知道这是友子家，赶紧去扯花文民，快跑吧，友子爹要出来了。果然，院子里有了动静，哪个熊孩子发邪？捉住他劈了他。声音像在院门口了，吓得花朵拽起地上花文民的褂子就跑，花文民紧跟在后面，两人觉得跑得够远了，这才停下来，两手扶在大腿上，弯着腰，喘得像热天的狗。花朵和花文民边喘边笑，花文民都笑出了泪。

第二天傍晚放学后花文民拿了草筐子，照例唤狗来，可是却不见黑子的身影。花文民着急起来，中午临上学，黑子还待在草垛窝里，他还特意给了黑子半块窝窝头吃，临走前还看了看它身上的伤，摸了它的头，与它握了手，一个下午咋就不见了？重新寻找，屋里屋外，柴草垛边，旮旯里，到处都找遍，也没见黑子的影儿。花文民草也不拔了，饭也不吃了，叫上花朵过来帮着找，他家里的人也一起找，到处找也没找到。最后他找到友子，友子说，你家黑子早让人吃了狗肉，我爹说，镇上来人检查工作，是你爹自愿把狗送过来的，还说，今天咬这个，明天咬那个，吃了省心。

花文民“哇”的一声哭了，黑子，我给你报不了仇了。

友子爹是村里的治保主任，他爹是治保员。

花朵看着这样的花文民，真替他难过。

黑子没了不到一星期，花文民家的鸡就让黄鼬子咬死咬伤了三只，他娘说，还是家里养只狗好，不用堵鸡窝门也不怕老鼠和黄鼬子。

看着花文民天天像得了瘟的鸡，他爹讨了只小狗，对花文民说，不就是一只狗吗，死了就死了，再养只得了。花文民说，这狗谁愿养谁养，他是再也不养狗了。

后来花朵离开村子到城里上学工作，与花文民也渐渐失了联系。

很多年后，花朵有一次听人说起有个工人，养狗养的成精，人送外号狗王，他养的狗特别通人性，让它做什么就做什么，除了他，那狗谁喂的东西也不吃，就像电视剧里的警犬，特别令人羡慕，那人还为他的狗，差点丢了性命。有的说，他的狗咬了人，人家打了他的狗，他就打了人，被人捅了一刀，有的说，他的狗偷了卖肉摊上的一根骨头，卖肉的给了狗一刀又给了护狗的人一刀。花朵问那狗王叫什么名，有知道的人说，狗王叫花文民，很拗口的一个名。

站在 11 楼落地窗前

36 层，真高。每次抬头看天空，王堃就会想起井底之蛙。晴天的日子一眼望出去，能看到临县的山，遇到刮大风，能感觉到楼板晃动。

现在，他站在同学冯磊家 11 楼落地窗前。他不知道人们是否担心楼会让风刮倒，但是他很担心，担心住底层的人家会不会被雨水淹没，更担心的是远在 Z 城的爸爸。

大前天，他从电视里看到 Z 城下了大雨，淹死了人，就一遍遍地给爸爸打电话，直到手机快没电了，才用百米冲刺的速度去充电。自从爸爸给他买了手机，他从不允许他的手机没有电，哪怕一分钟也不行，万一爸爸在这一分钟内给他打电话呢？手机没有电，对他来说，简直是不可饶恕的事情，虽然以前他生爸爸的气，从不主动给爸爸打电话，但还是很高兴接到爸爸打给他的电话。口是心非，有时他也唾弃自己。

爸爸已经三天两夜没有给他打电话，也没回微信，这样的情况从来没有过。他觉得身体里有一股坏东西要出来，想同人打架，想摔东西，想拿拳头捶墙，最好能把墙轰出个坑，他的手会出血，他的身体会疼痛。

他紧握着手机，忽然有些慌张。

他记得爸爸打过他两次，一次期中考试，他数学考了98分，班里考满分的有九个。爸爸打了他，用手打他的屁股，拿书拍他的脑袋。妈妈在一旁劝说，别打了，打出毛病怎么办？另一次是他偷拿了抽屉里的钱，爸爸踹他的屁股，还罚他不能吃饭。妈妈悄悄告诉他，快跟你爸爸认个错，保证以后不再偷偷拿钱了。爸爸在旁边瞪了妈妈一眼。他摸摸脑袋，对爸爸说，以后别打脑袋行吗？打笨了学习不好，你养我一辈子。爸爸和妈妈一块儿摸他的头，两人把他挤在中间，答应以后不打头了。

在学校里，他也经常挨打。

有一段时间，回宿舍睡觉对他来说，好像是一场噩梦。室友拿被子蒙住他的头，“砰砰砰”，他双手抱头，身体蜷曲，牙齿咬着嘴唇，任拳头密集地落在身上。

为什么？他嘶吼。声音在被子里回荡，如雨天的闷雷。

室友们哈哈笑，就是看你不顺眼，不就考试成绩好点吗？走路左晃右摇，让人看着就想揍你。他们高喊，打，让他拽，狠狠地打，看他还拽不拽。

他想告诉老师，也想告诉家长。

他告诉了老师，结果室友们只是挨了老师一顿训，换来的是对他揍得更狠。他还手，他抗争，怎奈一个人的力量很小，他不得不认输。他们不打他的脸，打他的背，打他的肩膀，打他的屁股，打别人看不到的地方。他的鞋子和衣服会不翼而飞，床底、门后、被子里，一顿好找，最后在垃圾箱里找到。他去厕所小便，“嘭”的一声，厕所的门被锁死，过来几个同学把他的头按在小便池里。

他很绝望，也很失望，没有人能拯救他。老师不能，爸爸妈妈不能。

他忘记了哪天，在上学路上，刚刚过了一个十字路口，一辆摩托车从身边经过，他莫名其妙摔倒在地上，听到有人喊，碰着孩子了。他爬起来，看了看胳膊出血了。

有人问他，孩子你知道你家里人的电话吗？

知道，我知道。怎么会不知道爸爸妈妈的电话呢？他从记事起，妈妈就告诉他爸爸和妈妈的电话，让他记牢了，若是迷路了、走丢了、让人拐了，记得给爸爸妈妈打电话。

先打电话给爸爸，爸爸没有来，说有事走不开，让他找妈妈。那次都惊动了警察叔叔，他除去胳膊擦破了皮，别的地方没事，骑摩托车的大哥摔得不轻，是120救护车送他去的医院。

回家见到爸爸，爸爸竟然没有问他的伤势。

他走进自己的房间，“嘭”的一声关上门，仰躺在床上，眼泪顺着眼角流到耳朵里，他不想见到爸爸，希望爸爸离开，去别的地方，别回来了。他和妈妈一起生活会更好。有了这个想法的下一秒他就后悔了，他觉得自己做了一件大错事，赶紧把这个想法收回来，希望还来得及。

然而爸爸妈妈还是在他上三年级的时候离婚了，爸爸只顾着忙他的事业，妈妈只顾着寻找她的幸福。

他要自己救自己。

谁再欺负他，他就拼命反击。

从此以后再没有人敢欺负他，代价就是他的右手食指受伤了。他也没去看医生，没有人关心他，他也不会关心自己。结果就是右手食指一直伸不直，他没事的时候就掰，往直里掰。左手拇指和食指捏着那根伸不直的手指，向后掰，成了下意识的动作。

他的手细长枯瘦，手背上一根根青筋，如一条条蚯蚓。蚯蚓在下雨天会被雨水冲出地面，小区的绿化小路上，甚至大马路上，常常有蚯蚓在蠕动，走路或者骑车时，只要看到，他会停下，找一根小枝子把或长或短的蚯蚓挑到草丛里，能救它一命是一命。

他玩着手机，这次不是玩游戏，不是刷抖音，是真玩儿，如玩一个玩具，翻过来翻过去。手机屏让他捣鼓的一会儿亮一会儿暗，如发癫痫抽风，他关注着的那个微信号，那个手机号，没有，没有，一直没有任何动静。

手指不停地动，手机翻动的频率越来越快，这个过程他一直看着窗外。

吃过午饭，坐在沙发上打了个盹，一睁眼，天黑得让他一时以为是夜里，过了会儿才清醒过来，原来是下午，还不到两点，午睡前外面还艳阳高照，打了个盹的工夫，天空乌云密布，下起了雨。雨下得很大，像是把一个湖里的水倒出来，十几分钟的时间，后面街上就积了水，有汽车熄火了。

冯磊像壁虎一样贴在玻璃窗上，不断地数着，二、四、六、七、八、九，九辆车熄火，快看快看，又一辆熄火。

王堃瞥了眼冯磊，他们一同站在冯磊家 11 楼的落地窗前，隔着玻璃，冯磊正朝着街道上的车辆和行人挥手，仿佛他是个了不起的知名人物，冯磊还说赶紧地拍照片录视频发朋友圈啊。

“白痴”两个字在嘴里滚动，王堃也骂自己。

他曾像冯磊那样玩起来兴高采烈，没心没肺，现在他提不起一点兴致，哪怕是挥一挥手都懒得做，还发什么朋友圈，拉倒吧。

右手食指像一个驼背人，真丑，他含在嘴里，舔了舔指尖，然后咬住，如鳄鱼紧紧咬住食物一样兴奋。从马路上被淹的一辆红色小汽车里，下来一男一女，站在齐膝深的水里，两人推推搡搡，女人踉跄后退。白痴，他又骂了一声，食指指肚上牙印清晰可见。

雨水唰地拍着玻璃窗，他看着玻璃上的雨水，想着有一次他抱着爸爸的腿说，爸爸，你看雨点多像小朋友在滑滑梯呀。爸爸把他举过头，夸他真聪明，妈妈在一旁笑着说，当然，也不看看是谁的儿子。

在11楼落地窗前默默地站着，在王堃以为他就要站成一棵望父树时，手机铃声响了，“滴答滴答下雨啦”，一秒的时间都没有，他接起了电话，这是爸爸的电话。自从有手机，他就把铃声设置成了这首儿歌。

他和爸爸几乎同时开口，你没事吧。没事，几乎又是同时，两人一同沉默。王堃说，爸爸，你就不能不去那么远的地方工作吗？爸爸没有回答，他以为爸爸不会回答了，妈妈曾无数次请求过爸爸，因为爸爸的工作，他们两人也曾争吵过无数次。

手机里响着爸爸沉沉的呼吸声。

不能，儿子，爸爸不想骗你。爸爸接着说，爸爸这边很忙，都在抗洪救灾哩！没给你打电话，是因为这里停水停电，没有信号，没有办法。他说，我知道了，我没事，爸爸你放心工作吧。

挂了电话，一股委屈涌上心头，涌上嗓子，然后他感觉他的天空下雨啦。“滴答滴答下雨啦，种子说，下吧下吧，我要发芽；小草说，下吧下吧，我要变绿；梨树说，下吧下吧，我要开花；小朋友说，下吧下吧，我要回家。”他在心里唱着这首儿歌，这首小时候一家人一块儿唱的儿歌，唱得声嘶力竭，唱裂了嗓子，唱哑了喉咙。

他其实很想和爸爸说说胡子的问题，说说胸毛的问题，很想回到家里，回到以前小时候的家里，那里有妈妈收拾的干净房间，床上的被子有太阳的味道，感受着爸爸右边妈妈左边，一家人坐在一起吃饭的美好，还有爸爸不时摸摸他的脑袋，妈妈不时给他搛他喜欢吃的菜。

大股大股的委屈从他的胸腔涌上来，他朝着爸爸的腿扑去，两手一抱，小心点，儿子，声音熟悉。不要走，爸爸，不要走。我不走，儿子，他说，可他的声音听起来却是那么遥远。

傍晚，雨停了，王堃决定回家。

这个暑假他在冯磊家住了有十天。

去帮助别人，就有了朋友，就有了同你一块儿玩耍的伙伴，爸爸对他说。他设计了好多帮助同学的方案，比如请同学吃饭，比如帮同学擦黑板、打扫卫生等。冯磊是他实施方案的第一个对象，有一次一只大狗张着大嘴，伸着长舌，挡在他们上学的路上。冯磊一手拎着书包，做出准备逃跑的样子。见到他就喊，王堃，你怕狗吗？能不能赶跑这只大狗。他什么话也没说，直接走到狗子身边，摸狗头，狗子高兴地朝他身上扑，尾巴都摇出风。他说，这是金毛狗，傻子一样，不咬人。冯磊说，他小时候让狗咬过，虽然皮都没破，可是留了后遗症，见了狗就害怕。又说，你好厉害，这么大的狗都不怕。王堃说，他家小时候养过狗，狗可好了，能听懂人的话。此后两人成了朋友，后来知道冯磊妈妈与他爸爸是同学，两人关系更好了。

王堃常去冯磊家玩儿，在他家感觉很舒服，冯磊妈妈对他也友好，他很享受这种友好。冯磊妈妈让冯磊在家闲着没事时拖拖地。等她去上班，王堃就去拖地。吃饭的时候，帮着端菜端水，饭后抢着洗碗。他就是冯磊妈妈眼里别人家的孩子，常被夸懂事，是个好孩子。

冯磊妈妈是个精致的女人，圆脸、短发、白皮肤，活得也精致，王堃注意到，她的随身小包里携带着风油精，一个小小的绿色玻璃瓶，让蚊子叮了小虫咬了，立时拿出来抹涂，红色疙瘩很快消下去，她还拿来给他抹，花蚊子咬的包很快就不痒了。不像他妈妈那样，每年夏天挠的小腿血痂不断，穿着白色连衣裙，更显得不讲究。

有时晚上他也在冯磊家睡觉，反正回去也是一个人，冯磊妈妈说，晚上住下吧，冯磊也有人同他做伴。

他察觉冯磊妈妈变得不正常，有时对冯磊和他爸爸说话温柔，有时对他们冷着脸，冯磊问他妈，那双白色的袜子放哪里了？她大声说，我是你的保姆？你给我了吗？我怎么知道，自己找去。自从她怀了小宝宝后，她说话就这样狗一阵猫一阵，弄得冯磊心情也阴晴不定，冯磊爸爸回来，也洗碗、晒衣服、倒垃圾。

他和冯磊这段时间也特别乖，不想惹冯磊妈妈生气。有时他们两个还讨论冯磊妈妈怀小宝宝这事，冯磊说我妈很快给我生个弟弟或者是妹妹，小堃，你说弟弟好还是妹妹好？甭管弟弟妹妹，他们都要听我的，哈哈，弟弟有可能和我分财产。他就说，你咋不说有人同你做伴，遇到困难帮你分担，不是说打虎亲兄弟，上阵父子兵吗？

两人正聊得起劲，看到冯磊妈妈一头冲进洗手间，对着马桶呕吐。

王堃记得妈妈说过，怀他的时候，孕吐得很厉害，吃一口吐一口，喝口水都吐，有时走路都要扶着墙。听说是听说，没有亲眼见，以为是些虚夸。现在亲眼见到冯磊妈妈孕吐，他在一旁都想跟着吐。

妈妈会不会又怀了宝宝，也像怀他时孕吐得厉害？

妈妈再婚的对象是个离异的胖子，开饭店的，冯磊妈妈碰到她领着那人的儿子逛商场买东西。

冯磊对他说，那小子比你个子高，一米八多的个子，我妈说的。

妈妈和那人举行结婚典礼，让他去吃酒席，他坐在那儿，低着头，听着别人说，这一桌酒席花不少钱，又是海参又是鲍鱼的，一个人一百块钱的喜份子看样子不够咱吃这一顿的。快看，那个孩子就是新娘和她前夫的孩子，从坐下一句话也没说，一口东西也没吃，苦了孩子。他觉得他是兔子耳朵横着听，菜没上齐他就离开了。自从法院把他判给爸爸后，他已经很长时间没有见到妈妈了。呕，他闻到一股味道，一种他吃撑了肚子吐出的呕吐物的怪味，弄得他鼻子发酸，两眼含了一泡水。

冯磊妈妈人越来越瘦，还要上班，还要给他们做饭，看着很辛苦。这天上午休班，她在家包了水饺，冯磊吃了一口，不高兴地说，明明知道我不喜欢吃木耳，又放木耳。他妈妈把冯磊吃的那盘水饺一下子端走了，不吃拉倒，毛病不少。依着平时的性子，冯磊早摔筷子了，这次却没吭声，老老实实吃饭。

王堃听到冯磊妈妈给他爸爸打电话，他正在掰他的手指。她就站在阳台那儿，阳台通着客厅，老同学，你什么时候回来？你还要不要你儿子了？你儿子是不是你亲生的？你心真大，也舍得。他妈不管他，你再不管他，孩子现在正好是青春叛逆期，走了邪路看你不后悔死。是，是，和我家孩子一块儿玩是不错，在我家住个一天两天也没问题，可这不是长久之计。不知爸爸在对面说了什么，只听冯磊妈妈说，嗯嗯，你家孩子是很懂事，很自主，可总归是个孩子。

不用我管，你这人咋说话？我还懒得管，权当我多管闲事，哼，挂了，真是狗咬吕洞宾不识好人心。

知道王堃要回家住，冯磊妈妈说，你自己一个人在家没事吧。没事，我自己会做饭。她拿了中午吃剩的水饺，还有一根火腿，几个鸡蛋，一块儿打包给了他。带着回家吃，家里有面条吗？有，冰箱里都有。他接过来，转身的时候，看到她松了口气的样子，就像当初他看着奶奶坐上姑姑的车离开时一样。

说起爷爷奶奶，他只能做到表面上的亲近，内心里怎么也亲近不起来。从小，爷爷奶奶没有照看过他，他是妈妈一手带大的。爸妈离婚后，每到暑假，奶奶会来给他做饭，做得一点也不好吃，不管什么菜，都用水煮。菜不好吃不要紧，凑合着也能吃，让他受不了的是奶奶的唠叨。早上想睡个懒觉，她敲门，小堃起来吧，起来吃了饭再睡，这个时候，在家里的孩子早下地干了一大截子活儿了；到了晚上，她盯他像盯特务一样催着他睡觉。从早叨叨到晚，像老和尚念经，他回两句嘴，奶奶就骂他没良心，白眼狼，像他那个妈一样不知好歹。他想同奶奶大吵一场，又怕奶奶犯心脏病，万一有个好歹，他承担不起后果。他用沉默来抗议，整天不说一句话，也不吃奶奶做的饭，自个儿点外卖，奶奶拿他没办法，就回老家了。奶奶离开时，也是一副松了口气的样子。

他家和冯磊家离得近，两个小区之间只隔着一条马路，他家在马路以南，冯磊家在马路以北。小区里楼与楼密集得如同扎篱笆，楼又高，低楼层几乎常年不见太阳，比如他家，是一楼，爸爸说接地气，妈妈说，一楼苍蝇多蚊子多，垃圾味难闻死了。

他拎着东西，往家走，路过几棵法国梧桐，树张扬着手臂，如一个个妖怪，继续走，是四五棵大楸树，小区门口左边一棵，右边一棵，据说寓意着千秋万代。好多人拿着手电筒在路旁绿化带寻找“仙家猴”，是蝉的幼虫，他走得也慢起来，听着小虫快乐地唱歌，眼睛对着树瞄来瞄去，看看能不能也找个“仙家猴”，可惜，他一个也没找到。快到小区门口的时候，仿佛看到一片树叶在地上移动，他已经走过去了，又倒回来，好奇那片树叶为什么会动，细看，是一只黄色的小猫，很小，像一片梧桐叶子。

他把袋子挎在胳膊上，双手捧起小猫，小猫还不如他的一只手大，咪咪叫着，气若游丝，浑身是水，沾满着泥沙。捧着小猫回家，先给它洗了澡，用吹风机吹干，小猫白肚皮，白嘴巴，尖尖的小耳朵，圆圆的眼睛看着他，发出细弱的声音，萌萌的样子一下子把他的爱心勾了出来。他给它喝水，又给它水饺吃，小猫左边牙咬完右边牙咬，咬不动。第二天他去宠物店，买了猫粮、猫砂和小猫喝的奶粉，一算钱，一百多，他心疼地问，怎么这样贵？店员说，这还是便宜的呢。回家找了个鞋盒子给小猫做窝，看小猫吃得欢，他说，这下子好几天的生活费都给你吃了。

小猫紧跟着他，他躺在沙发上看电视，小猫爬上沙发，窝在他的肚子上，发着呼噜呼噜的声音，他去床上睡觉，它也跟着爬上去睡，这是把他当爸爸了。他对小猫说，大黄，记住了，这是我给你起的名字，我的名字叫王堃，爸爸说没什么好东西给我，就给我存两方土吧，就叫个“堃”。我和你说，我不喜欢下雨，很不喜欢。小猫抬了抬眼皮，对着他“喵”了一声。他说我给你唱首歌吧，“滴答滴答下雨了，小草说，下吧下吧我要变绿……小朋友说，下吧下吧我要回家。”

他和猫躺在一块儿，睡了过去。

棉花往事

花朵母亲推着棉花，赶往村里的弓房。

一路上，不停地有人同她打招呼。

“他嫂，吃过饭了？弹棉花去啊？”关心她吃没吃饭的，是二娘，她正颠着小脚去自留地，侍弄地里的葱和白菜。花朵母亲生花朵的时候，别说吃鸡蛋，就是鸡蛋皮都没有，是二娘拿去了一把子鸡蛋，帮着过了那个月子。

“张老师，俺家孩子要是不听话，你该打就打，该骂就骂，啊！”后街的花国勇，是远近有名的泥瓦匠，给花朵家帮忙盖屋的时候，能用半块砖的地方，就寻块半砖，不用瓦刀砍整砖。花朵母亲倒不是心疼那块砖，她感激的是他的用心。

“张老师，休礼拜天啊？”一听这“礼拜天”的说法，就知道是村里的荣军花福五，参加过抗美援朝，见过世面，天天用手摇着辆三轮车，车把上挂着鸟笼子，一只鸭兰子鸟在笼子里跳来跳去，肯定是别人从北边碱场地里拾来送给他的。村里没人敢惹他，一有他看着不顺眼的地方，从车上抽出拐杖就打，他很喜欢找花朵母亲聊天。

花朵母亲热情地作答："大伯，又出来遛鸟呐？"

到了弓房，花树后迎出来："老师，把棉花给我吧，别进去了，里面又脏又乱。"花树后帮着花朵母亲从车子上往下搬棉花，棉花用蛇皮袋子装着，花树后说："老师放心，保准给弹得好好的。"在一旁排队的人说："人家张老师没什么不放心的，再说你们是本家。"花朵母亲搬下棉花，玩笑着说："放心，当然放心，别说是本家，就是村里别的人开弓房，我也放心得很。"

送弓房去弹的棉花是花朵家责任田里种的，是棉桃嘴笑得最大的时候才去摘的。队里分责任田的时候，花朵母亲让花朵去："我和你爸爸没空，你去吧，抓个啥算啥。"花朵就去抓了，会计说："大妮儿，你可给你家抓了个好阄。"五保户老碱，也是队里的饲养员，对花朵说："俩老师都没空来？你家咋没买头队里的牲口？就是头小毛驴也好。"

"老碱爷爷，"花朵笑了，"把牲口弄家去，谁侍候它？"

耕地的时候，花朵傻眼了，才知道她抓到的阄是怎样的"好"。拖拉机根本不可能耕到地边，所幸开拖拉机耕地的是父母的学生，说："老师，你放心上课去吧，我一定把地犁好。"阳光落在花朵母亲身上，她捋了捋被风吹乱的头发，笑了："行，那我就上课去了。"拖拉机上另一个人说："放心吧老师，他要是犁不好，看我咋收拾他。"说话间，犁铧已贴在地上，泥土翻滚开来，像地龙涌动。花朵觉得当老师真好。

平时村里的棉花地是不允许人随便进出的，虽然分到各家各户了，但担心有人趁机摘别人家的，就相约在每星期的星期五这天一起去。花朵家情况特殊，花朵的父母是民办老师，在外村教学，周围十几个村子就这么一个初中学校，工作格外忙，所以村里允许她家任意时候去摘棉花。

星期天，花朵骑着家里的自行车，前大梁上驮着妹妹去摘棉花。过一个下坡路是一座小石桥，坡路被雨水冲成一条条沟，路不平却也畅通。花朵两手控制住车把，飞一样地冲过去，谁知“嗖”“咣”的一下，如一只被弹弓打中的麻雀，花朵眼前一黑，掉下桥了。幸亏桥下没水，花朵拉起妹妹，摸摸她的头，摸摸她的脸，摸摸她的胳膊腿，还好没受伤。花朵和妹妹在地上坐了好一会儿才爬起来，推着车子走到棉田里，先躺在地里歇了会儿。俩人觉得浑身不舒服，有点想吐。花朵怕得要命，摸自个儿肚子，又摸妹妹的肚子，不疼，这才放心。她听说在她们村耍过杂技的那个小姑娘就是向后下腰，抻断肠子，死了。

花朵站在棉田里张望，地里像是覆盖了厚厚的一层白雪。可是偌大的一片棉田，白茫茫静悄悄，除去她们两个，再没有人。谁家舍得让孩子这么小就独自出来干活儿？出了事咋办？可父母是老师，唉，花朵一边自怜自艾，一边把包袱扎在腰上，开始摘棉花。妹妹在自家的棉花地里乱窜，花朵只想让她跟来做个伴儿，不添乱就阿弥陀佛了。

花朵摘得快，快摘完了快回家。一朵棉花五个瓣，她两手左右开弓，快是快了，摘不干净，好多壳上留了尾巴，一撮撮，像小鸡拉屎。回头看，那绒毛被风一吹，如要飞出窝的小鸟，倒也好看。为了摘下那尾巴，只能一手托住棉花壳，一手抠。可碎叶又跟着沾在上面，又要把碎叶从棉花上弄下来。花朵没有耐心，干脆留了尾巴，等下次母亲采摘的时候再收拾。

摘一会儿直起腰向远处看看，风像水一样在棉花尖上流动，在妹妹的脑袋瓜子上流动，天地间悠然辽阔，空旷旷的，静得让人害怕。两人开始摘鲜棉桃吃，鸽子蛋模样的棉桃，用牙啃开，里面的瓤又白又嫩，一掐往外冒水，咬一口，甜丝丝的，和水梢瓜一样好吃。

花朵家旁边那块棉花地的主人叫花立信，村里人都说他有小偷小摸的毛病，他长了个大饼脸，中等个，敦敦实实的碌碡身子，细长的眼睛眯缝着，不笑也像笑的样子。那人平时见了花朵，一口一个大妹妹地叫，害得花朵不得不同他打招呼。其实，别的倒好说，就是棉花，棉花开的白花花的时候，真让人偷摘去，三把五把，十把八把的，也看不出少了。

有一次花朵母亲去摘棉花，打眼一看，不太对呀，平时她来摘棉花的时候，棉花总是笑咧着嘴开的这一嘟噜那一嘟噜的，像随时掉下来一样，这次竟没有几朵开的，摘了些半开不开的，勉强弄了小半包袱，就回家了。

花朵奇怪母亲这次摘棉花摘得快，母亲却说不对，这棉花没摘多少。正坐在灶前烧火，一个人提着一个大花包袱进来了，脸红脖子粗地说："张老师，你家的棉花我帮着摘了些，看天不好，好像要下雨……昨天就想给送过来，没人在家，这不，趁着做饭的工夫我又过来了。"

花朵母亲一看是花立信，赶紧从灶前站起说："大兄弟，快进来坐，太麻烦你了，真是不好意思。""只要张老师你信得过我，能搭上把手的咱就搭上把手。以后孩子上学，少不了麻烦老师。"花朵母亲赶紧说："你看你说到哪儿了，教孩子应该的。"花立信放下包袱连口水都没喝就走了。

这事让花朵母亲很是感慨了一番，对家人说，都说花立信好偷别人家的东西，我倒觉得传言不可信，没有人天生就坏的。花朵说：“是呀，他要是私自留下些咱也不知道。”“别胡说，”母亲叱道，“小小年纪不许有这样的坏心眼。人家摘了棉花不给咱，咱也不知道，人啊要把事往好处做，把人往好处想。”

送去弹的棉花是第一茬，没落上一滴雨水，摊在用秫秸做的箔上晒的时候，就像一群肥肥的小白鼠滚过来滚过去，从这路过的人都夸棉花好。花朵母亲说，自然是好棉花，可不是以前从棉花棵上剥的那死棉桃里的，又瘪又黄，哪有个棉花样。往年，队里分了棉花棵，拔回家，花朵母亲把棵子上的棉桃，不管开的还是不开的，鲜的还是干的，只要还有点棉花，全都拽下来，边晒边剥，一点儿不漏。

怕箔上的叶子沾了棉花上，花朵母亲把家里平时舍不得用的床单拿来铺在上面。花朵母亲蹲着，围着箔两脚不停地挪动，两手不停地翻弄。抓起一把，攥一下，再松开，看棉花像白馒头被按了下，很快弹起来，拿脸贴贴，用牙咬咬，说晒透了，说多好的棉花，说弹的棉絮给孩子们结婚做被子，肯定又暖和又软和。

花朵和花小娥去弓房看弹棉花的，机器嗡嗡响，一个人帮忙放上棉花，另一头就慢慢出来棉絮。两人捂住耳朵，看花小娥哥哥花树后拿一根细长的棍儿，卷住开头出来的棉絮，棉絮卷会慢慢大起来，像滚雪球。还有那个吹得鼓鼓的口袋，如一条大蟒蛇在地上爬，是用来收棉花上沾的草草叶叶的。弓房里到处飘着棉花绒毛，钻鼻子钻嘴巴，她们待了不长时间，被花小娥哥哥撵出来了。

这是机器弹棉花，花朵对花小娥说，没啥好看的。

花朵曾在姥姥家见过手工弹棉花的，弹花人把一张大弓背在身上，右手握着木槌，左手握着弓柄，牛筋做的弦紧贴着棉花。弹花人一下下敲击着弦，嘭，嘭，嘭，棉花就跳起舞来，花朵和表妹就跟着这嘭嘭声，踮起脚尖，展开两臂，也跳起舞来。

那弓那槌那弦，发着幽幽的亮光，表弟学了好几声小毛驴叫，弹花人才让他摸了摸。

弹花人仿佛会变魔术，把一个个棉花瓣在嘭嘭声中，变成了一大团一大团的棉絮，就像把天上的云彩拽下来了几团。姥姥说，天上的云彩是织女织的。如果让织女知道有人拿了她的云彩，她会来找回去吗？

花朵认识那个叫花树后的人，有一年队里分棒子，父母去乡里学习了，她和弟弟装了棒子，往家运。她身子靠在车后边，两手才能握住车把，空车子还好，能行个正道，加上两篓棒子，走起来，像刚刚从湾里上来的鸭子甩着屁股往家走，没个正形。弟弟在前面用一根绳子拉着，拉着拉着，这绳子就让他拉弯了。推着推着，车子就让花朵推到路边的一个土堆上，上也上不去，下也下不来。花朵把整个身子压在车把上，脚悬空起来，也控制不住车子，眼看着车要翻，后面有人过来，抓住车把，抬起车子，让花朵从车把下面钻出去，那人就是花树后。他身子向前一探，脚一蹬，车子就过了那土堆，花朵脸发烧，低头说“谢谢”，蚊子哼哼一样，也不知他听到没有。

还有一次，花朵、三妮儿还有花小娥一块儿去田里拔草，遇到村里的人在锄地，棒子棵有半人高，她们在沟里割草。走过来一个男人，村西头的，花朵不认识他，花小娥认识，他要同她们玩抡圆，就是小孩子的脸朝前，让人从后面抱住腰，飞快的原地转圈，小孩子像飞起来一样，很刺激，很快乐。花朵被他抱着抡了一次，头晕，站不住，触到他热烘烘的身体，她感到不舒服，身上起了一排排鸡皮疙瘩，她用手搓着手臂，躲在一边，看见花小娥被抱着抡圆。花小娥脸红红的，咯咯地笑，鼻子尖上都有了汗。抡完了，那人还抱着她不松手，花朵看着花小娥像个被人捏住腰的豆虫，不停地动来动去。这时她哥哥花树后过来，冲那人高喊着，放下她。然后她哥哥向花朵她们怒道，还不快走。花朵看到他的褂子搭在肩上，胳膊上的肉鼓鼓的，像小老鼠一样动来动去。

花朵家与花树后家是本家，他娘手笨，加上孩子多，常常是穿不上鞋穿不上袜，穿不上裤穿不上袄。到了年底，等花朵母亲放了寒假，花树后的娘就拿着布来找花朵母亲做衣服，花朵母亲会蹬缝纫机。花树后的娘就帮花朵家摊煎饼。花朵家只管把面准备好，到时，花树后的娘就会把一摞子煎饼给送家里。

放了寒假的花朵，主要任务就是看孩子，哄着弟弟妹妹出去玩儿，不要扰到母亲做衣服。

有一次，她在外面同花小娥她们踢毽子踢疯了，忘了回家哄孩子这事。一进门，就被母亲捉住胳膊揍了一顿。

开始花朵拿手挡，后来就坐在地上哭。父亲说，你快走开，走开你娘消了气就不打了。

花朵也倔强，抱着缝纫机腿“嘤嘤”地哭。

花朵母亲坐在缝纫机前，继续做衣服。

弟弟妹妹远远地躲开。

屋里清静了，母亲的耳根也清静了，除了花朵像被捏住脖子不时地抽搭两声，只剩缝纫机的嗒嗒声。在花朵听来，再没有比这更烦人的声音了，她恨不得把布扯下来摔到地上，可想到刚刚挨的打，只好忍着，心里恨起了那些布，那些衣服，那些让母亲做衣服的人。

棉絮被花朵母亲用手推车推回来后，阴沉着脸，她说花树后真不是东西，我真想扇他耳光。

花朵全家人看着新弹的棉絮，能想象她在弓房时的样子，脸色蜡黄，嘴唇哆嗦，扬起的巴掌眼瞅着落在花树后的脸上，却贴着他的鼻子尖落在旁边的一包棉絮上，棉絮包敞着口，“嘭”的一下子飞扬起来，花朵母亲不解气，抓起一把没鼻子没脸地扬向花树后，花树后戴着口罩，头上身上满是棉絮，一声不吭，屋里其他人也一声不吭。只听弹棉花的机器在哼哼地响着，棉絮如皑皑白雪在脏乱的弓房里飞舞，落了花朵母亲一身。

花朵母亲被愚弄了。花朵感觉到了，可是她不知道究竟发生了什么。

这年年底花树后的娘又来送布，让花朵母亲帮着做衣服。花树后的娘是村里出了名的小喇叭，这次却像锯了嘴的葫芦，只说衣服大小还按往年那样做。花朵母亲蹬得缝纫机“嗒嗒嗒”响，说知道了，你把布放炕上吧。花树后的娘凑上前来说，花树后那混蛋受了别人挑唆。看花朵母亲冷生生的脸，没有说下去的兴致，也就闭了嘴。等花朵母亲停了缝纫机，给她拿摊煎饼的面时，她迟疑着又说了一遍，花树后是个浑蛋……受了人挑唆……

花朵母亲动着嘴唇，却没有作声。

花树后的娘很快把煎饼送到花朵家。她家的衣服却被花朵母亲放在了最后做的。

不久，花朵父母调到更远的村子教学，全家搬离了村子。

临走，花朵母亲把积存的木柴、棉花棵、手推车、锄头镰刀等，送人的送人，扔掉的扔掉。可是很多东西，是花朵想扔也扔不掉的。

她跑到墙根边，拽了些蹲拔草，拿去喂了三妮儿家的羊。三妮儿早就退学了，现在这时候大概正在地里摘棉花吧。花小娥给了她一把紫莜莜，说是她哥哥从坡里给她找的。又是这个花树后，杏仁一样的细长眼，塌鼻子，大阔嘴，方方正正的脸，浑身有使不完的劲儿。花朵想再看看他，再看看他在弓房里卷棉絮。花朵把一把紫莜莜塞进嘴里，大口嚼，弄得牙紫了，嘴唇紫了，手心也紫了。她把毽子送给了花小娥，说回来的时候一起踢毽子。花小娥说过年的时候回来吧，回来一块儿放滴滴金儿。花朵说，好，把滴滴金儿绑到棉花棵上，抡起来放，那才过瘾。

许多年后，花朵母亲给花朵的儿子做小棉袄，拿出一包棉絮，本该像云一样白的棉絮，好像被撒了狗尿，又让一群苍蝇拉了屎。母亲说："咱村里人好啊，就是这件事上对不起我。花树后这辈子是没脸见我了。"

那一年，花朵的舅舅家也承包了他村里的弓房。

花朵家与舅舅家相距不到三里路，中间隔了一条小河。

嘟噜子

花朵和同事小丁下企业调研，遇到了一个醉鬼。

他们路过一家水果店，花朵买了箱草莓，出来刚坐到车里，小丁就按喇叭，又摇下车窗，探出头，哎，哎地喊了两声。花朵透过玻璃窗，看到前面站着三个人正在说话，听到喇叭声，转过头，其中一个跑过来，一头钻进车里，坐到副驾座上，说赶紧地把我送回家，让你后面那人给我把车开回去。一股股酒味在车里散开来，花朵一手捂着鼻子，一手玩着手机。小丁说，她不会开车，你快说把你拉到哪里，我们要去调研，早约好的。那人对花朵说，你不会开车，谁信？

小丁说，她真不会开车，我们真的要去调研。

那晚上回来我请你们吃饭，吃大螃蟹。

好好，下午四点半给你打电话。

一言为定，说好了，不许反悔。

纠缠了一会儿，把他拉到一茶店门口，那人下去，还在说请他们吃螃蟹。花朵把手机往座位上一扔，这是谁呀？最讨厌喝多酒的，不讲理。

小丁说，他是个小老板，做咸菜生意，大概听说过几天要去他厂查环保，说了几次请吃饭，我没去。他姓花，叫花如燕，喜欢请人吃螃蟹。

花如燕？花朵说，不知道他是哪个村的？小丁说，只知道是弥河东的一个村。

花朵说这人搞不好是我村的，虽然他人长得高壮，身量有他小时候的三倍不止，细处有点花如燕小时候的影子，尤其那招风圆耳朵，特别明显。还有那张脸，那张让酒精充红的脸，堆着的笑，温顺愉快。刚刚在车上，那人歪着身子扭着头，花朵只一瞥，就忍不住想起小时候花如燕家的羊脸。

上小学的时候因为两个小嘟噜子，几个嘟噜子脚，和他恼大了。

花朵记得清楚，那天中午放学一回家，娘就说赶紧哄孩子。

花朵娘正在蒸窝窝头，老二花海正抱着她的腿，老三花蕾一阵紧着一阵咳嗽，小脸憋得通红，搂着娘的脖子，哼哼唧唧地哭。

花朵上前拉住花海说，走走，上街玩去。

娘说，先领着他去拔点儿草，喂喂猪。

大黑猪是一头老母猪，长得很俊，短嘴巴，大耳朵，皱鼻子，小眯缝眼。

它好像知道花朵放学了，在圈里扯着喉咙嗷嗷叫，两只前腿搭在栏门上，像人一样直立着，两只小眼睛看着花朵。花朵拉着花海的手，拿着筐子和镰刀，对黑猪说，等会儿，等会儿给你好吃的。黑猪就把两条腿从栏门拿下来了。花朵说，看咱家的猪，好像听懂了似的。花海抬起手抹了下鼻子，花海也就是会抹鼻子，他的鼻子让他抹得红殷殷的，别人看着都替他难受。他一抬手抹鼻子，花朵就打他的手。再抹还打，两个人一个打一个抹，走出了胡同。

出了胡同右拐，就是湾的北崖头，周围很多蹲拔草。拿镰刀砍，不砍整棵，挑选着那嫩的一根根砍下来，猪和兔子都喜欢吃，他们也喜欢吃，选根嫩草芯提出来，给花海一个，自己再提一个，把白嫩的那头放嘴里，用牙一点点铲着吃，甜丝丝的，满嘴清香。

刺猬，你们在干啥？花朵看到刺猬家的羊了，他娘生病，吃不下饭，只喝羊奶，这羊，是他娘的粮缸，每天放学，他就牵着他家的羊出来吃草。

羊嘴里嚼着草，嘴角边沾着白沫，像用肥皂洗衣服时泛起的泡泡。

羊拖着一截绳，抬着有胡须的下巴，摆动着短尾，眼睛里露着温顺，看起来心情不错。

他说，别叫我刺猬，再叫，我要恼了。

花朵说叫习惯了，一时改不了口。

他叫花如燕，原是有哥哥的，但他哥哥生下来不长时间就死了，有了他以后，他父亲说，狗都不敢吃刺猬，就起小名叫刺猬。

我们在看卖嘟噜子的。刺猬鼓着他的胸回道。

崖边的路上，有个男人推着辆自行车，慢慢往村里走，后座放着一个大跨篓，里面的小嘟噜子，密匝匝的，一股子海腥味。他大声说，嘟噜子，咸嘟噜子，回家拿钱买，没钱粮食换。

嘟噜子是一种小螃蟹，花朵后来才知道这嘟噜子还有个学名叫蟛蜞，身子如一块儿包着青褐色玻璃纸的方寸糖块，腌咸的嘟噜子，膏黄是黑色的，挑玉米粒大小的一块儿，抹在窝窝头上，一口下去，腥咸中带甜味，好吃又下饭。

刺猬可能忘了他家的羊，跟着卖嘟噜子的走，就为了捡人家掉在地上的嘟噜子脚。

跟在卖嘟噜子人身后的不只刺猬一个，是一群孩子，包括花朵和花海。有谁家买的时候，掉地上的嘟噜子脚，他们就抢，抢着后还比谁的大，谁的小，还互相交换，比如拿两个小的嘟噜子脚换一个大的，比如平时关系好的，可以白送一个。

卖嘟噜子，咸嘟噜子。那男人吆喝着，走进花朵家的胡同。

花朵跑回家，对她娘说，要买咸嘟噜子。

花朵拿了钱去买嘟噜子，花海、花蕾在后面跟着。

买一斤，花朵隔着篓子对那人说。那人随手一抓，往秤盘里一放，秤杆一撅，说一斤，秤高高的。又攥着秤杆给她看，花朵不识秤，看到那人粗短的手指，指甲凹凸不平，塞满厚污垢，几乎碰到她的脸。花朵不耐地举高碗，递给他钱。小嘟噜子一落到碗里，花朵就拿了个，揪一根脚给花海，再揪一根脚给花蕾，又揪一根自个儿放嘴里，三个人吃着嘟噜子脚，十分愉快。

咬下尖尖的那段，带着细毛，不好吃，吐到地上。再揪，再揪，忽然发现刺猬在拾她扔了的尖尖。

这孩子真馋。说这话的是村里的花寿桐，他端着一个带花的铁碗，正称了一碗嘟噜子，他自己常割肉吃，用手托着从街上走，却说刺猬他爹买块豆腐给刺猬娘吃是不过日子。

花朵觉得心颤颤的，好似被那嘟噜子脚尖尖挠了下，她挑了两个嘟噜子三根嘟噜子脚给了刺猬。嘟噜子是八根脚，带两个大钳的。花朵看见刺猬的脸，如同他家的羊脸，温顺愉快。

平时，花朵拿个红糖豆到学校给刺猬，捎块玉米饼子给放学后在北崖上放羊的刺猬。刺猬呢，从家里拿几粒黄豆，不知从哪儿找了个酒瓶子盖，上晚自习的时候，课间十分钟的时间，用两根竹签夹着放在煤油灯上炒豆吃，那豆“咯嘣”一声，再“咯嘣”一声，豆香飘出来，先分一个给花朵。还有一次，花朵捉了只刚会飞的小麻雀，被雨淋得贴着屋墙连飞带跳，没舍得给弟弟，给了刺猬，后来那麻雀飞走了，花朵也没怪他。

若不是因为那支铅笔，花朵不知道与刺猬的友谊会持续到什么时候。

花朵在班里考了第一名，奖品就是一支铅笔，一头带着橡皮，她宝贝得很，好长时间舍不得用。拿出来用的时候，拿薄薄的小刀削，慢慢地，轻轻地，铅头还是断了，让她心疼半天。有一天，花朵发现铅笔不见了，到处找，课桌上的书和本子包括刺猬的，全抖了个遍，把家里做作业的桌子翻了个底朝天，怕是掉在炕上，把炕上的席都揭了，也没找到那只铅笔。没想到这时刺猬拿出一支铅笔，对她说，看，同你的铅笔一模一样，一样香，一样带橡皮。说着在本子上写了几笔，接着把铅笔掉过头擦掉。花朵拿过来看，越看越像她的那只，连上面的图案都是龟兔赛跑。刺猬家那么穷，哪里有钱买这样贵的铅笔？

第二天，花朵进教室一坐下，就看到刺猬拿小刀子在桌子上刻着什么，也不说话。再看，桌子中间画了一条线，他正在刻那线。花朵心说刻吧刻吧，让你割着手，果然，刺猬的手流血了。这天，谁也不理谁。又过了一天，花朵发现刺猬没来上学，一天没来。接着老师把花朵叫到办公室，说刺猬说那只铅笔就是他的，说你冤枉了他，他现在在家绝食，不吃饭了，你去给他道个歉吧。老师说，那是他姑家的表哥买给他的。村里人都知道，他姑很小的时候，被他奶奶送了人，养父母对她很好，家庭又好，供她上学，成了城里人，他姑长大了后，回来认了亲。

刺猬三顿没吃饭，让他爹拽着胳膊拿着鞋底打了屁股几下，小孩子家家的，多大的事，还不吃饭，哪学那些毛病。几下打得刺猬不绝食了。

花朵没有去道歉。

刺猬又找到她家里，对她父母说，花朵冤枉了人，我没拿，我真的没拿她的铅笔，这是我自个儿的，他举着他的铅笔。

花朵母亲说，我相信你，那铅笔是你自己的。

花朵说，那我的铅笔咋不见了？花朵生气，一生气，就提了，你还吃我的嘟噜子，她不知道为什么说这话，一说出来痛快了，就后悔了。

刺猬一听，涨红着脸，我不稀罕，是你硬给我的，我说不要，你硬给的。

花朵说，你还我嘟噜子。

刺猬说我最讨厌告诉老师，更讨厌告诉老师的人。花朵大喊道，我没有，我没有告诉老师，你冤枉好人。

刺猬说，你才冤枉好人，再说一次，我没拿就是没拿，告诉老师也没拿你的铅笔。

两个人斗着嘴，走进教室。

花朵说不过刺猬，气得“啊”地大喊，像戏台上的角，一个“啊”下来憋得她脸通红。刺猬也“啊”地喊，叫得比要被捉去卖的小猪崽还要惨烈。

前桌回过头来说，我说是我告诉老师的，你们相信吗？不相信。花朵和刺猬同时说，前桌是从北京来的，他父母在北京工作，让他跟着他爷爷奶奶在老家上学。

同桌的两人，第一次在桌子上画了一条线，谁也不让过界。过了几天，花朵弟弟花海抹着鼻子说，铅笔是他拿的。在哪里？花海从袖筒里伸出手，手里攥着铅笔，哪儿还有原来的样子，好像让狗咬了，又吐出来。橡皮没了，只有那个橡皮圈还在上面，铅笔头也折了，铅笔的身上也是咬的牙痕。花朵问，橡皮呢？花海再抹一下鼻子，吃了。花朵照着花海的屁股就是一脚，你个馋鬼，赔我的铅笔，说着哭了。

刺猬的爹捉着刺猬到花朵家，对花朵母亲说，老师这孩子老实，他没拿花朵的铅笔。花朵母亲很抱歉，他没拿，是我家花海拿的，早该让花朵去说的。临走，花朵母亲拿了双婆窝给刺猬，这是孩子舅舅编的，拿去给孩子穿吧。又把花朵小舅舅的一件小袄给了刺猬。刺猬爹嘴里说着怎么好意思呢，真是不好意思，两只手伸出来，接过那婆窝和小袄，抱在怀里。

花朵围上母亲的围巾，上面天蓝色的绒毛，在下着雪的天气里，又好看又暖和。站在院门口，看着刺猬和他爹踏着雪往回走，他们没有回头。

花朵很想对花如燕说声对不起，看到他扭着身子不理她，也恼了，也不理他，后来虽然说了话，也不是以前那样了。

花朵和同事小丁遇到醉酒的花如燕后，不到一星期，花如燕组织了一次小学同学聚会。

花朵一进屋，就听同学们起哄，快，这边，人家花如燕特别给你留了座位，主宾位。花朵看到坐在主位上的人，果然是那天见的那个人，花如燕。他看花朵在犹豫，说我要亲自去拉你了。花朵只好走过去坐下。花如燕说，上菜。很快菜就上来了，两大盘子螃蟹先放在大圆桌上。花如燕说先乱吃五分钟。伸手拿了一个放在花朵面前的盘子里，桌面自动转了一圈，他又拿了一个，给花朵。花朵不好意思，拎着给花如燕，你也吃。花如燕连盘子一块儿端到花朵的面前，这螃蟹肥，黄多，很好吃的，多吃点儿。

餐桌上，每个人面前都放着一瓶咸嘟噜子，花如燕说，这是他厂子制作的特吃，卖得相当火，送给同学们尝尝，不多，就一小瓶。看着那玻璃瓶里的嘟噜子，花朵感到心又被嘟噜子脚尖尖挠着。再看花如燕的脸，仍如当年他家的羊脸，温顺愉快。

饭后，花如燕带着同学们去了他的厂，一进厂，入眼是满院子的大缸，密密地排着，有几百个，好不壮观。站到缸边，缸沿直到人腰处，直径估摸着有一米多，每个缸边还支着一顶大尖草帽子。花如燕说，这咸菜得让太阳猛晒，最怕见雨水，一沾雨水咸菜就烂，下雨下雪同人一样得给缸们戴上草帽子。他接着说，你们来得不是时候，春节后清明前来，你们就会看到小山一样的嘟噜子，工人们日夜加工，清洗，腌制，分装，忙得很。那时候的嘟噜子，休眠了一冬天，肚子里的杂物排没了，是最肥最好吃的时候。你们知道吗？嘟噜子第一次运来的时候，装在大网兜里，堆在那儿，个个瞪着眼，吐着口水，每条脚都在乱爬，那声音在我听来就像春天的雨一样金贵。晚上我喝了个大醉，我老婆说我像狼一样嗷嗷了半宿。

同学们都听傻了，没想到你个花如燕还挺煽情。

那是自然，不是吹，咱这咸嘟噜子才是“咸而不咸”。

什么咸而不咸？快说说，怎么腌的，回去我们也试试。

就是盐卤度 24 正好，小了这个数，嘟噜子会鼓了盖，没人要，大了这个数，就过咸，咸得齁人。

花如燕你上学的时候化学学得不咋地吧？

全还给老师了，现在是凭着自个儿琢磨。

行啊，你个花如燕，是个人物了，啊！

再看这院子，周围种了不少的树，核桃树、柿子树、枣树、无花果树、葡萄树，同学们都说，等这些树上结的果熟了的时候，拿麻袋来装。

没问题。花如燕说不来的是小狗。

好好，不来的是小狗。

他站在花朵身边，笑着对她说，想当年……想当年，不说想当年了，嘿嘿，我可记得花朵你给我的两个咸嘟噜子。

花朵看了眼那张笑脸，转回头，继续看缸和树，再次觉得心被嘟噜子的尖尖脚挠了，她的眼前，一片模糊。

后来，每隔一段时间，花如燕就请同学们聚聚。花朵有时去，有时不去。点一桌子菜，大盘小碟的，他不吃，只看同学们吃，也不喝酒，看着同学们喝。坐在主陪的位置上，一手托着腮，一手端着水杯，只管笑。同学们说些酸话，挤对他，他也不恼，照常请客。当然，每次宴请，先上螃蟹。

小河湾

湾里的水是雨水冲积的，雨下大了，村里的水就顺着西高东低的地势流到湾里。水全身都是手，柴草、鸡粪、狗屎、破砖烂瓦，一路上凡是能被水冲走的，都让水带到了湾里。

湾在村东头，中间有条窄窄的路，两人走个对面，侧着身子能错开。湾西边种着芦苇，东边种着莲藕。炎炎夏日，芦苇正茂盛，莲藕也正茂盛，村里的孩子也茂盛。晌午，大人们像吃了瞌睡虫，头一沾到枕头就不想起来，哪怕是枕块半头砖，一时半会儿也睁不开眼。孩子们趁机溜出去下湾，在水里一个劲儿地扑腾，扑腾够了，爬上来，既不用抹肥皂，也不用搓背搓胸，浑身湿漉漉地晃在天地间，让阳光涂一层古铜色。

花如燕觉得这湾好大，他爬到湾南头大柳树上也看不清楚湾北头的人在干什么。湾东边是村里的果园，篱笆离水很近，几乎没法走人，像花大学这样胆子大不怕掉水里的才敢从那里走。

湾里有寸把长的小草鱼瞪着鼓鼓的眼，与人比赛谁先眨眼。长头发一样的水草会勾缠人的腿，脚底下不小心会踩到一只歇息的蚌，摸起来一看，碗一样大，用藕叶裹回家放在锅底烧烧，好吃得简直能把舌头吞掉。好几只一拃长的大虾被发现后，弓着身子赶紧跑路。青蛙和蛤蟆直接销声匿迹，偶尔发出“呱”的一声，也淹没在孩子们的嬉闹声里。大头蝌蚪嘛，傻傻地直接往人的怀里钻，以为是它们的妈妈。鸭子和大白鹅躲在湾深处，该怎样寻食就怎样寻食。有时候可能会捡到个绿皮鸭蛋，一个孩子一年能吃到一个蛋，那要等到清明节那天早上，其他时间想吃，没门，除非你生病了。在湾里随手翻开张荷叶，都能看到各种各样的生物。当然，湾里有专门吸人血的蚂蟥，一会儿变得粗短，一会儿变得细长，一会儿像片柳叶漂在水面上。被它沾到身上也不怕，用火柴一烧，咕噜就滚下来，孩子们拿来团成球扔着玩儿。

湾南头和北头，常有人洗衣服。花如燕娘没生病那会儿，傍晚或早上总端着一大盆衣服去那儿洗，湾边有几块青石，大大小小地躺在那儿，每一块石头上面都有人在搓洗衣服。花如燕娘把衣服也放在石头上面，用洗衣棒捶打一会儿，放水里冲冲，再放在石头上用脚踩。拆洗被子的时候，很多小孩子们觉得好玩，帮家里大人踩被子面，“嘭嘭嘭”，清脆的捶布声和嘻嘻哈哈的笑声传出很远。夕阳西下，收工的人们爱在小湾边掬几捧湾水洗洗脸，再站在湾里刷刷农具，坐在大柳树底下抽支烟歇口气，然后扛着干净的工具，哼一首小曲转回家。冬天，孩子们不仅在湾里溜冰，甩木转子，还破冰捉鱼，不过几个小伙伴费九牛二虎之力，也就砸出个如拳头般大小的冰洞。

藕躲得远远的，不肯长到这里来。

荷花瓣落在水面上，像一把把粉色的瓷勺。

看藕的老人又在吆喝了，小祖宗，这花不让掐。

让掐不让掐的，花如燕、花大学他们才不稀罕，他们稀罕的是莲蓬，白白嫩的莲子，剥开，中间还有个绿芽芽，放在嘴里，甜丝丝的，又带着微苦，真好吃。没有谁舍得一口气吃个大莲蓬，大都会拿回家，分给兄弟姐妹，家人的夸赞让被荷杆上的尖刺划伤的胳膊腿也不那么痛了。

水下憋气比赛，是村里的孩子们在夏天常玩的。把头埋进水里，屏住呼吸，有的睁着眼，有的闭着眼，憋啊，憋啊，终于憋不住，哗啦，猛地蹿出来，像一条大鱼。谁在水下待得时间长，谁就赢了。

花大学最厉害，他憋得时间最长，哗啦，猛地蹿出来，他抹了一把脸，大口大口地喘气。他看到在一边打“嘭嘭”的花如燕，就邀花如燕一块儿憋气。

花如燕正和小孩并排着打嘭嘭，比赛着谁打的嘭嘭大，谁激起的水花高。

一块儿憋气好啊，花如燕觉得很好玩，伏在花大学的背上，两手环着他的脖子，两条小细腿被花大学的两条粗胳膊牢牢地固定在腰间。花大学问，准备好了吗？花如燕大声回答，准备好了。初次玩这样的花样，两人都很兴奋。花大学蹚着水，往前走了几步，一下子往水里蹲下去，水把他们两个淹没了。

水漫过花如燕的鼻子，他有点小后悔。

水漫过他的脑袋，他开始后悔，没来得及吸一大口气。

心跳得如一只被猫追的老鼠，恨不得从他的嘴里跑出来，他开始拼了命地挣扎。

用手挠，把全身的力气都用上，狠狠地挠花大学的背，觉得手指甲都折断了，花大学像没有感觉一样，蹲在哪儿，一动不动。花如燕觉得眼珠子要从眼眶里滚出来了，他用手拧花大学身上的肉，不知道拧的是哪儿，揪着块肉恶狠狠地拧，可是花大学像个木头人，蹲在那儿不动。花如燕绝望地哭了，拿头撞，揪头发，扯耳朵，如果能张嘴，他一定咬下花大学的一个耳朵来。他把花大学的祖宗八代骂了个遍，他觉得他要死了，他的胸膛难受的要爆炸，他觉得只要再待上下眼皮一碰的时间，他就死过去了。没有人知道他这会儿难受得要死，也没有人来救他，他被花大学牢牢地固定在身上，他用尽了办法也挣不开。

“哗”花大学终于憋不住了，猛地一下蹿起来，两人如两只刚刚撵过兔子的狗，大口大口喘着气，好一会儿才缓过神来。花如燕从花大学的背上下来，立马抻着细脖子喊，花大学，你这个浑蛋，你想当杀人凶手啊，你是不是成心要憋死我？花大学一听恼了，花如燕你个刺猬胡咧咧啥？气煞我了，小爷好心好意背着你玩憋气，你竟然冤枉我。说一句推一下花如燕，推得花如燕一个趔趄又一个趔趄。面对比他高也比他壮的花大学，花如燕选择了示弱，在水里我挠你，拧你，你咋就是不动？花大学很奇怪，我咋不知道。遇见鬼了？花如燕看着花大学光滑的身子，遇见鬼了？一下子身上起了鸡皮疙瘩，他蹚着水，哗啦哗啦跑到岸上。

花大学身子向后一仰，把头埋进水里之前说，刺猬，赶紧学游泳。

花如燕不想再玩水，就爬到湾边的老柳树上，看别人玩儿。

柳树粗得花如燕伸长胳膊都搂不过来，柳树身子斜着长，一根小孩子腰一样粗的树枝像一根大钓鱼竿，他们常常爬到那根树枝上跳水。花如燕不会游泳，他不去占那树枝，他爬到另一根树枝上，坐在上面，晃晃悠悠很高兴，一高兴就想号两嗓子，于是断断续续唱起《打渔杀家》：

滚滚江水翻浪花……

父女打鱼度生涯……

花如燕唱得兴起，想爬到更高的地方，让更多的人听到，看到。

看着湾里的孩子憋气的憋气，扎猛子的扎猛子，打嘭嘭的打嘭嘭，看到花大学一个猛子扎上来，头上顶着几根麦秸，看到小孩像青蛙，两条麻秆腿半圈着，一蹬一蹿，花如燕看得笑了，连带着他所在的树枝都好像被挠了胳肢窝，颤抖个不停。

一不小心，啊，他发出一声短暂的尖叫，从树上摔下来，“嘭”地掉进了水里，正是一个深藕坑。每年挖藕，挖藕人穿一件皮衣服，水浅的地方，他们就把两只袖子脱下来，扎在腰间，远远看着，就像那人长了四只手，有些怪怪的。一根根藕挖出来，留下一个个坑，被黑色的湾泥包围着。挖藕人走了，藕也运走了，孩子们来了，围着藕坑打转转，发现一点点白色的东西，用手去挖，黑泥沾到胳膊上，沾到衣服上，水湿了胸前的衣服，湿了胸膛，挖到一块藕把子，就着湾水胡乱洗洗，几个小孩子围着，你一口我一口，很快吃完，散开，继续寻找，鞋子脱在岸边，裤子卷到大腿根，在藕坑与藕坑之间寻找。

花如燕不知道平平的水面下是深坑，他身子一触到水面就喊救命，手脚乱蹬，这次不是憋气，脚底一趔趄，眼前发黑，水一下子没到胸膛，没到嘴巴，没到鼻孔，没了眼睛，晕了，想喊救命，喊不出来，一张嘴，水就咕噜着往嘴里灌。

一只手捉住了他的头发，把他拖起来。花如燕脚一踩着硬地，头冒出水，咳嗽呕吐，分不清湾水还是泪水，蹲在岸边好一会儿才缓过神，抓了抓屁股底下的扁初芽草，才知道自己还活着。

好几个伙伴围过来问他咋了，没事吧。

他赤红着眼，用手捏着鼻子，一把把甩着鼻子水，差点哭出声，嘴上却说没事没事，大伙小心点，那边有个坑，刚才差点淹到我。

花如燕咳嗽着大口大口喘气，这时花大学拍着他的背说，算你小子命大，幸亏小孩看见你在水里扑腾，拉了你一把。

小孩是个爹娘不疼姥姥不爱的。小时候的小孩，脸黄黑黄黑，身子胖乎着，大人们说他这是虚胖。现在的小孩，还是黄黑黄黑的，瘦得骨头裹着一层皮，薄得随时要掉下来。小孩是个吃货，没有他不吃的东西，他甚至挖教室墙上的土吃，还吃得有滋有味。花如燕他们眼见着小孩从他棉袄洞里抽出棉花，用食指和拇指捏着，好像举行仪式，慢慢抬头，张大嘴巴，接着那棉花，就像吃了一块热腾腾的鸡肉，馋得他们都咽口水。

当然，棉袄里的棉花被他当烤鸡吃了，要是被他家人知道，少不了挨顿打。小孩记吃不吃打，和他家的狗一个秉性，该吃啥还吃啥，一个冬天能吃一个破棉袄。

小孩姥姥家姓王，爹娘给他哥哥起名“王子”，到他了，却连个名都懒得起，顺口小孩小孩地叫，像叫家里的狗一样，狗狗，狗狗。到了上学的年龄，是老师去了他家三趟，他家里才让他上学的。名字是他自己取的，他说，他从村支书家门口路过，看见他家大门口的对联又宽又长，上面的字也好看，就找了个容易写的，好像树杈上蹲着一个人的字，记下来说给老师。他排的是“建”字辈，就叫了个花建义。但以前的名字叫顺了口，村里大人孩子见了他还是小孩小孩地叫。

就是这样的小孩救了他刺猬一命。

花如燕嘿嘿地笑，好长时间没说话。

他在想用什么感谢小孩。

有了。他很快行动起来，两手拍着屁股喊着“呱呱晾晾，骑着马子逛逛”，来到放褂子的地方，褂子被他小心地卷着，塞在一块大石底下。提起褂子，翻出口袋里一个小纸包，把纸包里的东西全部倒在手心里，数了数，八粒仁丹，绿豆粒大小，在阳光下闪着银色的亮光，这好比“仙丹”，含一粒在嘴里，甜甜的，凉凉的，据说如果中暑，吃下这仁丹能救命。

花如燕拿着七粒仁丹给了小孩，对他说，小孩，这是我给花大学团泥蛋子挣钱买的，全给你了，他还欠着我二百个泥蛋子的钱呢。

花大学在旁边说，我不是让你咬几口黄瓜顶了吗？

花如燕说，也是，吃了你几口黄瓜顶了。求求你们千万别对我家人说，要是我爹知道了，揍不煞我。

也不知他说的是团泥蛋子挣钱买仁丹这事，还是掉水里差点淹着这事，反正花大学他们是很义气，都答应不会说，并发了誓，指着天上的日头，谁说谁是小狗。

至于小孩，捻了一粒仁丹放嘴里，这银色小珠一沾到口水，散发出的清凉芳香，让他浑身一激灵。花如燕还答应给他看小画书，他家那套《林海雪原》是花如燕的表哥送给他的，这套小画书可为花如燕长了脸，小孩惦记了不是一天两天。有生以来，小孩第一次感到如此快乐。

这次事后，花如燕下决心学游泳。先在岸边打嘭嘭，两手撑着地，两脚在后面用劲儿打水，像鱼尾那样大力摆动。“嘭嘭嘭”不知打水打了多少下，感觉到好似有只大手在水里托着他，便试着往深水里去，走到齐腰的时候，开始试着刚学会的打嘭嘭，两只手使劲地划，两条腿使劲地扑腾，身子漂起来，如一只大葫芦，开始动了。他惊喜极了，耳朵里听到噼里啪啦的声音，他觉得自己学会了游泳。

过了好久，久得夏天都过去了，久得花如燕都快忘了那事，家里人却知道了。他爹捉住他就是一顿鞋底打屁股，打之前先让他脱下裤子，打坏了他的屁股也别打坏了他的裤子。一阵“噼噼啪啪”后，花如燕“嗷嗷”叫，我不是亲生的，我要去找我亲生爹娘去。他爹打得更来劲，我让你不是亲生的，我让你不是亲生的。

小孩隔着墙听着花如燕发出的叫声，好像一头被按在地上阉割的小猪，不由捂住屁股，刺猬，我可没有告密，挨打别怨我。

过了两天，花如燕问小孩，我大姐给你家送了三个鸡蛋，你吃了吗？小孩说，没有，我得回家问问。一放学，小孩就找他娘要那三个鸡蛋，他娘说，早让她拿集上卖了，加上家里的鸡下的，正好凑了一把子。小孩很生气，那是刺猬家给我的，为啥卖了。他娘抄起搂草耙子，照着他的背给了他一下，他娘这是拿他当柴草搂呢。翅膀硬了？换来的盐你不吃？还是换来的油你不用？还不拔草去？拔不满篮子别回来吃饭。小孩吸了吸鼻子，拿上篮子走出院子，越想越觉得自己不是亲生的。

尿炕，也是小孩的毛病。梦里他憋得慌，到处找不到茅房，好不容易找了个没人的地方，刚刚解开裤子还没尿，又来人了，慌里慌张提上裤子，终于找到个旮旯儿放开了尿，尿完浑身一哆嗦，醒了，一摸褥子，尿床了，不作声，怕挨揍，吃了早饭，快跑。他娘卷被子发现了，拿着扫炕笤帚追着打，我让你尿炕，你个懒虫。

小孩找到花如燕，说咱一块儿去东北找亲生爹娘吧。

花如燕想了想说，我爹管我吃，管我穿，还管我上学，我还是留在他家吧，万一找不到咋办？咱村的来福不是去找他亲爹娘了吗，听说一直没找到。再说我是我爹背着粪篮子出去拾粪，在北坡的沟里拾来的。

小孩又去找花朵，对花朵说，你不是听你娘说，你是东北一个大脚老婆的孩子，有一年那个女人要饭到了你家，你娘给了她些吃的，她就把孩子留下，送给你家的吗？咱一块儿去找亲生爹娘吧。

花朵说，你不害怕？

小孩说，不害怕，有什么怕的，我已经从家里拿了钱。

你咋拿的？你娘的钱没藏起来？让你偷了？

我早就看见我娘把钱放在什么地方了，她就在她的背心上缝了个小口袋，贴着她的肚皮，专门装钱，她换下来洗，把钱放我哥的一个破铅笔盒子里，铅笔盒放在屋北墙上的龛里，让我拿了几张大的。趁着家里没人，我爬窗子进去，窗棂子是铁棍子，差点夹住头。头过去了，身子就过去了。你见过猫捉老鼠吗？猫拿它的胡子量老鼠洞大小，洞比头大，猫就能钻进去。

花朵觉得小孩知道的事情真多，点点头，又问，你知道你亲娘在哪儿？

不知道，就知道在北边，向北走，肯定能找到。

花朵说，那你去找吧，我害怕。花朵从不敢一个人出远门。

小孩又约了几个同学，像花大学、花小娥、花枝，都被家里大人告诉不是亲生的，不是从坡里捡来的，就是逃荒的人留下来的，再就是锅灶窝里拾的。他的这些同学都说亲娘找不着没关系，就这么过吧，只有小孩有勇气去找他亲娘，还有了行动。可惜，行动失败了。

小孩还没来得及走，他娘和他哥找来了，揪着他耳朵问，拿钱了吗？

小孩咧着嘴说没拿。

他娘说，你说实话，说了实话不打你。

小孩就说了实话，拿了。

放哪儿了？

在书包里。

翻出钱来，哥哥拽着他胳膊拖回家，绑在院子里的树上用绳子打，绳子蘸了水，打在身上痛但不见伤。

小孩也学花如燕“嗷嗷”叫，我不是亲生的，我要找我亲爹娘去。他娘说，打，我让你不是亲生的。打一下问一句，不是亲生的？不是亲生的？

他姐扑上来说，别打了，再打就把他打坏了。

到底他也没告饶，家人没拗过他。

不过他家人说，再走，就打断他的腿。断了腿，走不了路，更没法找人，只好再等等，但他没死心，他常常找花如燕一起谋划这事，他想办法挣钱，放了学，他就去挖茅根，捡蝉蜕，卖给药店，去湾里挖黑黑的泥，团泥蛋子卖给花大学。他常对花大学他们说，他亲生爹娘一定在什么地方等着他，等着他去找他们。

小孩受着的对待，花如燕回家常说给家里人听。有一次花如燕爹在湾边洗锄头，碰到洗衣服的小孩娘，顺嘴对小孩娘说，你看你家小孩，不也是你亲生的？还是小儿子，你咋不偏向着他点？拿平常孩子待他也行。小孩娘说，他叔，说了不怕你笑话，你不知道，小孩是个罗圈腿，这样待他，大了才能独立生活，有出息。

说着拿起捶衣棒使劲捶衣，“嘭嘭嘭”溅起的水花落在了她弓着的身子上。

花如燕爹看到她眼里含着泪花，她竟是哭了。

小孩在苇湾边溜达，想捡个鸭蛋，希望谁家的鸭子没把蛋生在窝里，生在这苇湾边。他盯着一群鸭子在戏水，一会儿头扎进水里，屁股朝上，像扎猛子一样，一会儿歪着头闭着一只眼，用另一只眼看小孩，看得小孩心酸酸的。小孩隔着几棵芦苇，隔着藕湾与苇湾间的那条小路，看着他娘在洗衣服，看着花如燕爹向着湾边走来，披着褂子拎着锄头。从藕叶上，从苇梢上有声音传过来，小孩像在水里憋气，一动不动，静静地细听，断断续续的，……你家小孩……亲生的……

……用心良苦……

小孩勾着脚尖，两腿间如圈着个大皮球，慢慢蹲下，想笑，泪水却顺着鼻翼两侧落在嘴唇上，他伸出舌头接住，吃进肚里，咸咸涩涩，如同那些挨过的打，说不清有什么被永远打进了心里。小孩的眼睛闭着，蹲在芦苇丛里。他感觉到他爹坐在炕沿，默不作声地抽着烟，他娘拿着紫药水，细细涂在他破皮的地方。从小到大，不知尿了多少次炕，每次都是他娘把被褥拿去晾晒拆洗，他爹把他尿塌的炕修好。有人欺负他，是哥哥帮着他撑腰。姐姐下坡回家，给他带吃的，水梢瓜、谷笛、紫莜莜、米口袋、蝈蝈儿、蚂蚱……

他感觉到芦苇轻轻晃动，鸭子们忽扇着翅膀，“嘎嘎”地向远处游去。

林间散步

秋天的一个星期六下午，我和文友姜芽儿沿着一条林间小路散步。约好一块儿来这儿逛逛已有段时间，这天终是成行。

这条路很美，青砖铺就，交错纵横，带有艺术味的纹理和青中带白的颜色，看着就舒服，向前走一段，左转，是一溜儿木质阶梯。

有一种树的叶子，远远望去就是一幅色彩艳丽的油画，红的、绿的、黄的树叶交叠在一起；近了看，椭圆形的叶片脉络清晰，颜色渐变，像美丽的裙摆。我问，这树叶像什么？像金鱼？姜芽儿不以为然地反驳说，干吗非要它像什么？它就是它，一片树叶，一片色彩鲜艳的树叶。也对，它就是它自己，一片树叶，很有个性的一片树叶。

路两旁的地上落满树叶，厚厚的一层，不见土地，很想在上面打几个滚。有环卫工人把树叶耙成堆，用袋子装起来，一袋袋，如人高。我走过去问他们这些叶子有什么用，那人说用来喂羊。我问羊喜欢吃吗，那人说这树叶子喂羊很好，羊很喜欢吃。我一听，掏出手机，对姜芽儿说，我得给我二舅打个电话，我二舅养了一群羊。电话接通后，我说，这里有好多好多树叶，人家说用来喂羊很好，什么时候来弄些去？来的时候打个电话，我帮你们一块儿装。二舅说，家里的树叶、青草、棒子秸羊吃不完。电话里，二舅不算洪亮，精气神十足的声音很有感情地传过来，大妮儿，有空带着孩子来玩啊，你妗子晒柿饼了，你最爱吃的柿饼。二舅仿佛在印证我对姜芽儿说我的舅和妗子对我很好一样，你听这话说得，多让人感动。姜芽儿肯定是听到了，二舅的声音那么大，他总觉着隔着几十里路远，需要大声点说话我才能听到。挂了电话，姜芽儿说，你还真好心，看到树叶子还想着你二舅家的羊。那是自然，我娘就常说别忘了你舅和妗子，在我们家最困难的时候，年年给送几个羊头，给你们煮煮吃，嘴里这才沾沾肉味。说实话，我不记得羊头肉，也不记得羊头汤炖得多么好喝，只记得家里的锅碗瓢盆常有羊肉的膻味，扑鼻子扑脸，害得我好多天连用碗喝水也得捏着鼻子往下咽，真让这膻味腻歪着了。

姜芽儿说，羡慕嫉妒恨啊，得了便宜卖乖就是你这样的。

她问，你的小名是不是真叫大妮儿？我的小名真就叫小妮儿。我稍稍吃了一惊，问她，家里人没给起名？还是一开始就这样叫的？“妮儿”是当地人对女孩的一种称呼，可以说是一种通称，也是一种昵称，家里的女孩，很多人家就按年龄大小大妮儿二妮儿三妮儿这样叫的。

她说，我娘倒是给我起了名字，起了还不止一个，最早是叫“花枝”，就是有花的树枝子。听我娘说，生我的时候，正值槐花开的时候，我娘去湾边洗衣服，看着湾边的洋槐树上结了很多花，那花又香又好看，就决定给自己的小闺女起名叫花枝吧，后来又相继起过燕子、红霞等好几个名字，都没叫起来，因为只有我娘自己叫，别人还照常叫小妮儿，我娘没办法，只好跟着也叫我小妮儿了。我长得这么丑，搞不好与起的名字有关，叫个大花枝，能俊到哪里去，姜芽儿一脸纠结地说，我娘可是长得很好，你是没见，谁见了谁说好，却把我生得这个模样，真的很生气。我说有啥生气的，有个俊俏娘应该感到很自豪。她说，我是真的不喜欢我娘长得好看，我是愿意自己的孩子长得好看，不愿意自己的娘长得好看。我很惊讶她的想法，我说，我的观点与你不一样，很愿意自己的娘长得好看，多骄傲的事。她说，孩子长得好看才有面子，你说服不了我的，别费这个劲儿了。我说，我不是说服你，我只是表达我的一种观点，这不就是聊天，用得着较真吗？姜芽儿没有说话，气氛有点小小的不自在起来，哎，这么点小事，用得着这么计较吗？我转移话题，笑着说，我真有小名，叫桂云。

说起桂云这名字的来历，还有个曲折的小故事。

我爷爷奶奶不重男轻女，却是很势利，我娘说，小时候我肚子里长蛔虫，吃了打蛔虫的药，在奶奶的院子里拉了泡屎，奶奶看见后，拿锨铲了，铲的是我大伯家闺女拉的，铲完后，她站在门口，捂着鼻子嚷，这是哪个小孩子弄的，脏死了，大人还不快铲到茅房里去。我们家住东屋，与爷爷奶奶一个院，母亲看得清楚听得清楚，心里那个气，一同吃的打蛔虫的药，同样的孙女，不一样的对待，为啥？她得出的结论是我大伯在外面工作，赚钱，我父亲在家务农兼职民办教师，赚工分，奶奶遇事就偏向大伯家，这不是势利是什么？

这事肯定是真的，至于奶奶是不是真像母亲说的是个势利眼，我倒没有那么多的计较，母亲看我们兄妹几个表情漠然，反应不大，有些生气，有些失落，背对着我们，落寞地说，你们是一窝亲。我们渐渐长大的过程里，听着母亲一次次重复她回忆中的片段，竟是麻木起来，并起了逆反心理，认为老人偏向着富有的儿女是正常的，应该的，这样的儿女能为家里带来很多好处，给他们钱花，给他们好东西吃用，不偏向着这样儿女的父母才是傻瓜哩。对偏心这种行为我很看得开。

爷爷奶奶老两口很喜欢听单田芳的评书《杨家将》，杨家将中的女子都不是善茬儿，不但个个儿武艺高强，还多是美貌如花，更难得的是人人侠肝义胆，有情有义。我奶奶尤其喜欢穆桂英，常给我们讲杨家将的故事，讲得最多的是穆桂英和杨宗宝，直夸穆桂英是大元帅，她男人杨宗宝都要听她的，不听就打板子，所以给我大伯家闺女取名林桂英。穆桂英有两个婆婆，也就是说杨六郎有两个老婆，一个是郡主，一个是大刀王怀女。杨门女将绝大多数都是美女，但王怀女是例外。王怀女的相貌虽然有争议，却有一个美女军师，叫刘云霞，此女足智多谋，七窍玲珑，爷爷奶奶也喜欢，就给二伯家的堂姐起名叫林云霞。

到了我的时候，爷爷奶奶嫌弃我母亲家庭成分是富农。在那个年代，对于我父亲顶住各方压力，硬是娶了他的同学——我母亲，爷爷奶奶不待见也是可以理解的。我娘嫁过去前，爷爷奶奶一家可以说是党员之家——我爷爷我大伯二叔四叔甚至我的姑姑们都是党员——这样的一个家庭因为一个人，一个外来的人，一个与他们家一点关系也没有的人，从此以后全家人名誉上受影响还是次要的，他们的后代升学、当兵、找对象等各方面利益都实实在在受牵连，这现实让人怎么能心平气和？所以生了我后，爷爷奶奶没有给我起名字。

按村里习俗，各辈分的名字都是排着的，尤其是男的，一听名字就知道谁同谁是兄弟，是哪一辈的人，他人该称兄就称兄，该论弟就论弟，该称呼爷就称呼爷。女孩子倒是没什么讲究，长到二十来岁就出嫁了，大多嫁到外村，过年过节才回来一趟，女孩子的名字与村里没有多大关系，就是上家谱也没有她们的事，所以起名字马马虎虎就行。小名更是为了好记，大妮儿、二妮儿、三妮儿的就这样排着叫了，不用担心这么多妮儿会混淆视听，前面再加上定语冠上父亲的名字，林三元家的大妮儿，林学农家的二妮儿，等等，说起来讲者和听者都分得清搞得明。母亲在给我起名这件事上，犯了难。我是父母的第一个孩子，我父母都是“文革”前的高中生，在村里那是相当的高学历了，孩子的名字能马虎吗？我母亲心想，你们不是一个叫林桂英，一个叫林云霞，很厉害吗，狠狠心给我起名叫林木兰，长大了像花木兰一样厉害，到时候看你们不傻眼才怪。但想想还是放弃了，叫木兰是厉害了，痛快了，得罪的却是一家子。母亲说她当时想着要是排“桂”字，怕二娘家不愿意，排“云”字吧，又担心大伯母家不高兴，干脆折中，取两人名字的一个字，叫桂云，林桂云，大名小名一起叫了，谁家也说不出什么来。

我接着讲起母亲的事，母亲说她当时为了做个好媳妇，树立好形象，赢得好口碑，不为自己，也要为我舅舅们娶媳妇考虑，一些事上免不了委曲求全，要是现在，才不会这样。听她这样说，就反驳她。她会来一句，你们那样说，是因为没碰上我受的那些难，上学的时候，跟你姥姥要那两毛钱，出来进去不知多少趟，就是开不了口。又来了，妹妹说，一代人有一代人的难，我们这代人是比你们那代人好，你们这代人肯定比我姥姥那代人是好的，也没听着我姥姥我奶奶她们抱怨。妹妹的声音已低了下来，悄悄对我说，从小就听咱娘抱怨，有什么抱怨的，你看咱奶奶，也是七个孩子，儿媳妇一个比一个厉害，从没听她抱怨一句，说别人一句歪话，真是伟大。我脑子里翻腾着对大娘、婶子及奶奶的印象，不得不承认奶奶是宽容的，这种宽容让我们这些后辈子孙回过头来再审视当时发生的事，更是心生佩服。

每次看见母亲又陷进她的过去里，我心里也不舒服，我就搞不明白了，明明受过那么多委屈和痛苦，为什么到现在一遇到事，还是委屈自己，处处事事先替别人考虑。比如说有个稀罕物，她总是舍不得吃，等着孩子们来一起吃，哪个没来，还要给留着。我们着实恼她，觉得这是给她的，她吃了就行，孩子们年轻，有的是机会吃。母亲不听我们的，这种行事方式已刻到她的骨子里，看样子终生难改。

我们兄妹几个和母亲恰恰相反，从不愿委屈自己。对于我们这样的活法，我觉得母亲有时是羡慕的，她说你们现在好啊，在婆婆家都不受难为。有时她又是嫉妒的，一次她当着我和别人说，桂云就爱吃东西，桂云不是同你们三妗子说嘛，吃东西吃个够。尖锐语调切割着我的神经，我已记不清什么时间什么地点因着什么事同三妗子说过这样的话，我怀疑这话是母亲编造的，同样意思的话她动不动就拿出来晒晒。我知道，她很讨厌我就连吃东西也是率性，她这一生，遇到再喜欢吃的东西也从来没吃得直呼过瘾过，大块吃肉大碗喝酒这种痛痛快快的事大概很少做过。母亲常埋怨，这么多年，你爸爸就没给我煮顿肉吃。接着她会翻出当年去四婶家那件事，四婶拿着一个咸鸭蛋，左一口右一口地吃得那个香，把她馋得记在心里，至今都难忘怀。开始时听她这样说，我们会接话，让父亲煮上一锅肉，蒸上二三十个咸鸭蛋，让你吃个够，再不用馋人家的了。母亲接着就说了，谁家吃东西这样个吃法？一次吃够了，以后别吃了。弄得我们无言以对，再听到她说“你四婶左一口右一口吃咸鸭蛋”，我们就扭头做其他事或不着痕迹地岔开话题。

我和姜芽儿这时已走到木质阶梯那儿，我问继续向前还是右转弯，她看了看说，继续向前吧，木质阶梯那儿有些人在闲逛，我喜欢静，不喜欢人多闹腾，说白了就是容不得人，很多人，包括我的父母、姐姐、哥哥都说我很独，你明白我的意思吗？我说，明白，比方说，一群人打球，其中有个家伙，别人把球传给他，他就不管机会好不好，自己一个来，再不把球传给别人，弄得没人愿意同他打球，这家伙就是你说得独。姜芽儿说，我也知道这是毛病，但改不了，超享受独的感觉，一个人，静静的，做自己喜欢的事，或不做事只发呆，享受一个人的时间，容不得人，哪怕是和我对象，也待不到一块儿，他喜欢热闹，晚饭后出去散步，在小区广场处，一大群人一起跳舞，嘭嚓嚓，嘭嚓嚓，音乐震耳欲聋，我烦得不行，他陶醉得不行。我若是硬拉着他到我喜欢的地方，比如说来看看这树叶，这风景，多美，那他可是无聊煞了，我在旁边看着，就感觉到他全身每一个细胞都在喊着无聊，只好赶快回去，他难受咱也难受。我说，那让你孩子陪你。她说，孩子随他爸爸，硬拉着来，爷俩一个德行，走不了几步，就不耐烦地说，“这有啥好看的，不就是些树吗？树叶子有啥好看的？再好看也是些树叶子，与咱有啥关系？真是的，还有这些草，黄不拉叽的，点上火烧烧还有点看头”，听听，不是气煞个人吗？看着他那个不愿意的样儿，还叫他来干什么？晚上，老公喜欢看电视，我喜欢看书，静静的，很想找个地方自己过生活。听着姜芽儿的无奈，我想起小时候母亲嫌我们孩子吵闹，说是恨不能找个地方，哪怕是个蛐蜒窟窿躲起来，清静清静，可惜连这么个地方都找不到，现在母亲说起这事，还郁闷着呢。我很想说感同身受，自己却没有这样的敏感度，大约与成长的环境有关，还是不要勉强自己了，就说，你不会关上门，家人在外间看他们的电视，你在里间看你的书。她说这样也不行，静不下心来，明明有动静的。我说，我的天，哪里没有动静？楼下面还有孩子在吵闹，车来车往的声音不是更大？依你这种怕吵的状况，青蛙呱呱叫，麻雀叽叽喳喳，狗吠鸡鸣，你都受影响？报纸曾报道过，一个高考生嫌青蛙叫影响他休息和学习，学生家长就把小区池塘里的青蛙全部消灭了，怕吵把一个池塘里的青蛙全部灭杀，在你这儿不是天方夜谭？姜芽儿回答，吵得我心躁，我指不定哪天会做出这样的事。

人真是奇怪的动物，两根筋挑着个脑袋，这脑袋不大吧，曲里拐弯的事儿还不少，你说咱俩的性格怎样形成的？遗传？还是环境造成的？

姜芽儿想了想说，两者都有点，我喜欢静，这点遗传于我奶奶，我奶奶就是那种很传统的女人，不踏三门四户，就是不好串门子，天天在家，主内，她很快乐，有忙不完的家务，常年待在那个小院里，也不走亲戚，闺女的婆家，门朝哪儿都不知道，更别说去住两天了。她干活儿不紧不慢，不像我做什么也急乎乎的。她总是慢慢悠悠的，很享受干日常杂事，喜欢在院子里看小狗撒欢，小鸡吃食，把香椿叶腌成咸菜，坐在院子里用搓板洗衣服或去院墙上摘些扁豆，掐头去尾，把扁豆背上的丝线撕下来，收拾好了，中午炒辣椒扁豆丝，这道菜是爷爷最爱吃的。

我这不讨人喜欢的脾气，是环境造成的。姜芽儿说，我知道这是我的一个缺点，说的一些话让对方下不了台，可就是控制不住自己的嘴，不说出来憋得难受，再说我说的都是真话，真话刺耳，我不矫情。你别想说服我，你也说服不了我。

可惜了我的一番好意。

沉默了一会儿，姜芽儿又说，家里的人都嫌弃我，嫌我长得丑，皮肤黑，行事怪异，反正浑身没有块好地方，对我一片打击，恨不得打倒在地再踏上一脚，他们就解气了。家里人还重男轻女，你想想，哥哥都结婚了，在家吃饭，我娘还让我吃咸菜，让哥哥吃菜，当时我挺伤心的，长大了，开玩笑找娘算账，我娘竟然说“有这样的事？俺怎么不记得”，语气漫不经心，说时还顿了顿，像是真费心去想，但没想起这事。自己的亲娘，你能说啥？让我很无语的是，在奶奶那儿，“老太太三大急，闺女、外甥、鸡”，这话体现得实在，明明姑家的表姐表哥他们比我大，但有好吃的东西也是叫我先让给他们吃，奶奶的理由是他们是客人，把最好的东西让给客人应该的，理应如此的，没有为什么，是做人最起码的事情。我看着表哥吃了块红糖蛋蛋，那红糖块如鹌鹑蛋大，馋得我吮大拇指，没有话说，他们是客人，攀比不得，但心里不服气，心想，到了姥姥家，姥姥会给我比你们大得多的糖，不，一口袋糖，一点儿也不给你们吃，馋馋你们。以为到了姥姥家，我就是客人了，应该享受到客人的待遇了，姥姥却说，你比他们大，应该让着小的。你想想一个小孩子期盼雀跃的心情一下子会怎样？表弟表妹们吃糖我瞅着，心里那个委屈啊，小心灵能不受伤害吗？能不气大家吗？还有妗子，我觉得妗子不喜欢我住在姥姥家，当时年纪小不会表达，就对姥姥说，妗子拿眼打我，姥姥说我胡说八道，她当然是向着妗子，因为老了要靠妗子养的。你说我能脾气好吗？爷爷奶奶还特别重男轻女，有一次，我放了学，饿坏了，父母没回家，去跟奶奶要块干粮吃，奶奶说没有了，我无精打采地走出来，看到婶婶家的弟弟进去不长时间出来，嘴里吃着，手里拿着，那窝窝头，敦厚敦厚的一块，玉米面和地瓜干面做的，发面的，我去要说没有，他去要就有了，我能不生气吗？

还有我的模样，长得丑点不要紧，皮肤白也行，皮肤不白个子高也行，我是什么也没个沾边的。

算了，不说这些了。

姜芽儿说她异类，还举了例子，就是过年过节给仙逝的家人上坟，按当地风俗，一年有三个节日，需要出嫁的闺女上坟，清明节、六月六、十月一。人们到了那里哭一场，让先人保佑着哪个孩子学习好，哪个孩子找个好工作。姜芽儿说她特烦这样，真自私，只想捞好处，再说他们活着的时候不能做到的事，死了就能做到了？这些人也不知咋想的，她同她姐姐们去上坟，心里这样想，但不会说出来，若是说出来的话，当场姐姐们就会翻脸，你就是个异类，从小这样的话不知道说过她多少次。姜芽儿说的也有道理，“让先人保佑全家好好的”，这是听见过最多的话，我去给爷爷奶奶上坟，站在他们的坟前，最初的想法也是请先人们保佑。这是惯性思维？理所当然？人云亦云？人们从没想过这些先人们有没有这个能力，愿不愿意，总是自以为是地认为，先人们神去后就神通广大，就无所不能，他们在另一个世界会保护着这个世界的后代子孙，让姜芽儿那么一说，把人们的一个好梦生生打碎了，也不怪她的姐姐们恼怒她。

雨水滴落在葡萄树

一

“你在屋里干什么？这么长时间？”

“没干什么，爸爸。”

“你在里面再待下去，你喜欢吃的球球糖就让你妈妈吃了。”

“出去，我这就出去。”

爸爸不知道，林小梦大了，有她自己的心思。她在想冯笑眉。星期天，她们两个常常在一起滑旱冰。腿微蹲，腰略下沉，弓背，冯笑眉柔软的手握住她的手，快点，再快点！她们在公园的台阶跳上跳下，像细腿的仙鹤在舞蹈。她们对视，她们站着，黑红相间的旱冰鞋滑动起来，带着她们像风一样快。冯笑眉松开她的手，倒退着滑，像一颗飞呀飞的蒲公英种子。她追着冯笑眉，看到她的眼睛水汪汪的，像秋天草尖上的露珠。

“还不出来吗？”这次是妈妈在敲门，“小孩子呢，哪有那么大脾气，一进家门就把自己关在屋里。每次开门关门用那么大劲儿。”

林小梦自己都不知道为什么常常发脾气哩！每次发完脾气就后

悔，后悔得恨不得揪自己头发。刚刚后悔着呢，脾气又来了，这大概就是青春期吧，把门摔得咣当响，就觉得心里好爽。

她记得有一次冯笑眉在楼下，一看到她就说：“小梦，球球糖，你喜欢吃的。” 林小梦伸手打冯笑眉的手，又推了她一把：“吃吃吃，你就知道吃，你是猪啊！”冯笑眉摔倒在地上，说：“小梦，你今天心情不好啊。”她笑得像傻瓜一样，爬起来拍拍白裙子上的土，又把球球糖一颗一颗捡起来。她一摔倒，林小梦就想说对不起的，很长时间过去，她没说，后来也没说。

那天都吃好饭了，林小梦站起来的时候不小心碰到筷子，筷子又把盛着鱼的大瓷碗拨到地板上摔碎了。那透亮的大瓷碗妈妈很喜欢，上面有一幅山水画。妈妈拿着摔成两片的山水画，骂林小梦浑蛋，然后一片山水画随着一声浑蛋摔在林小梦脚边，碎成了五片。林小梦觉得怒气也像那片山水画，长成了五片。爸爸指责妈妈，说她吓坏了林小梦。

林小梦走到二楼的时候，还听到妈妈的哭骂。

林小梦这独生女哪里受得了这委屈，所以，一看到冯笑眉，一看到冯笑眉的笑脸，她就把两片山水画的怒气摔给了冯笑眉，当然还有一片摔给了筷子，两片摔给了她家的门。

林小梦总是想起冯笑眉，想起冯笑眉用那双羊羔一样的眼睛看着她。

林小梦打开房门走出去，拿起一包球球糖，包装上的小人冲着她做鬼脸。

“你在干什么呢？叫都叫不出来。”

“我在想事呢！妈妈。”

“小孩子瓜瓜的，有什么事？快吃块西瓜上学去。”

二

雨水滴在储存室前的葡萄树上扑啦扑啦地响，好像里面藏着好几只小麻雀，也许翅膀还没长全，林小梦站在架下，弓着腰，扭着头寻找那只飞不高的小麻雀，寻来寻去，寻到一只背着房子的蜗牛，它一动不动，待在葡萄藤上。

林小梦想着她和冯笑眉，她们一起唱：蜗牛背着那重重的壳呀，一步一步地往上爬，阿树阿上两只黄鹂鸟，阿嘻阿嘻哈哈在笑它，葡萄成熟还早得很哪，现在上来干什么？

她摘了两颗葡萄，一颗放在笑眉的手里。冯笑眉用两根手指捏着，葡萄的翠色更显得她手指白皙。

林小梦看着那双手，那双弹钢琴的手，可是眼馋得很，恨不得那手是长在自己身上的。有一次，冯笑眉的手被门夹了，看着她红肿的指头肚，林小梦心里冒出一股兴奋来，吓了自己一跳，这事她没有同冯笑眉讲。

她们一起喊一二三，然后一起把葡萄放进嘴里。林小梦看到冯笑眉脸上的肉被堆起，嘴也咧开得很大，样子竟有些像怪兽。这丑丑的冯笑眉让林小梦心里的那股兴奋又要冒出来，惶恐中她感觉自己的脸也在抽动。她“呸”的一声，把嘴里的葡萄吐在地上，那碎果冻似的葡萄跳了跳，差点跳到冯笑眉的白板鞋上。冯笑眉也“呸”的一声，把葡萄吐了出来，吐在林小梦的碎葡萄上，看着林小梦笑。

暴雨已经停了，她们走到无花果树下，用力摇动树，尖叫着跑走。

从树叶上滚下密集的雨珠，洒在地上，洒在她们的头发上，洒在脖子上。她们咯咯地笑，奔出家属院，奔向大街，奔向学校。乌云已消散，天空如水洗过，阳光把柏油路照得发亮，吸干了地上的水，一阵带着烤面包香味的风吹过来，两人同声说："真香。"然后她们拐进路边的面包房，围着展示柜转一圈，手拉手走出来，同声说："真贵。"

这一切再也不会有了。林小梦穿着黄雨披，背着书包，在细雨中走向学校。一个人，听着雨落在雨披上，竟也热闹。

三

"林小梦，下雨了，我们到处找你没找到，你躲在哪儿呢？"

"我在厕所里。"

"不嫌厕所味道难闻？还在里面待了这么长时间。在干什么？"

"只是在看下雨。"

"下雨有什么好看的？"

"我喜欢。"

"笑眉，你藏在另一个世界里哩，离我们这儿很远很远，你在那里，我追不上你，也看不到你，连我的话也传不到你的耳里。"

"林小梦，你的魂是不是让冯笑眉勾去了？"

"走，我们跳皮筋去，不带她。呸，不就是数学好吗？有什么了不起，冯笑眉的跟班。"

冯笑眉明明是我林小梦的跟班，她们却说我是冯笑眉的跟班，林小梦很想大声喊"反了"，冯笑眉才是小跟班。一群傻子，我才不想同傻子一般见识。林小梦没有去找女同学们一块儿跳皮筋，她在想，她为什么会内疚。女同学们在廊下跳皮筋，雨水淋不到她们，雨水落在这长廊的玻璃顶上，女孩子们边跳边唱，一二三四五六七，马兰花开二十一。

四

每次上体育课，林小梦都很郁闷，又很欢喜。想着快点下课，下课就逃脱老师的魔嘴了。扎着马尾辫的体育老师是一个男的，一个口令，围着操场先跑个三圈，就把林小梦累得够呛，像一条烈日下的狗，伸长舌头直喘。还要做仰卧起坐，幸亏冯笑眉每次做得都不如她多，心里多少有点平衡。可转眼林小梦又不高兴了，冯笑眉的眼光一直偷瞧着吴聪，她以为没人看到。吴聪在双杠上动作优美，摆动时幅度大，屈伸时有弹性，上杠时，吴聪的动作标准，收腹举腿翻臀，前上打腿展髋，压杠急振跟肩分腿坐杠。同学们都高声喊好，林小梦也高声喊好，冯笑眉只是笑，从不喊。

现在，林小梦做着仰卧起坐，身边没有冯笑眉，双杠上翻飞的身影也不是吴聪了。

林小梦最喜欢的课是历史课，老师幽默的打扮——穿在身上的汗衫一个洞眼挨着一个洞眼，老师幽默的话语——赤壁之战就是光着膀子战。同学们哈哈笑，对赤壁之战的印象格外深刻。这能让她的心情愉悦起来，忘记这是在课堂上，仿佛在游戏之中。下课后，老师催交作业，同学们埋头苦做作业，在这一秒，她好想念她最要好的朋友。什么时候她才能开开心心地笑一次，痛痛快快地玩一次啊！

五

弥河岸向西扩了一百米，原来的弥河公园全毁了，沿河的欧式房屋拆除了，河岸边的大象雕塑不知搬到哪儿去了，那些木质台阶也没有了，儿童戏水的雕塑不见了。去年的一场大水毁了多少东西，甚至痕迹也没有了。篮球场、网球场里的塑胶地面全让草埋没了，到处是茂盛的杂草，一晚上长一大截的拉拉藤，攀爬成两米见方的羊角棵，半人高的狗尾草，大蓬大蓬的灰灰菜，开着粉红花的青青菜，开着淡黄花的曲曲芽，还有被砍的树，五十多年的老槐树，不知多少棵，曾经搂抱粗的梧桐，树桩已抽出新芽。

林小梦记得冯笑眉说这些花木都有灵呢，看着疯狂生长成一片荒场的花花草草，林小梦承认冯笑眉说得有道理。

看到这些，冯笑眉肯定会说，这大水不知让多少生灵失去家园，失去生命。

林小梦想起放了学，她和冯笑眉走在回家的路上，路边的绿化带里传出虫叫声。冯笑眉说，像我们体育课上，体育委员吹得哨子发出的声音，“吱吱吱”，这是蟋蟀在吟唱。“咕咕咕”像老太太唤鸡，这是蝼蛄在叫，蝼蛄有一对大前脚，像铲子，用来掘土。

冯笑眉还认识绿化带里开淡紫色花、有香味的荆条，叶子表面是绿色，背面有灰白色绒毛。

她还指着路牙子缝里的小草说，这是酢浆草。她掐了两片小叶给林小梦，你尝尝，酸溜吧。

林小梦咬一口叶子，冯笑眉也咬一口。

嗯，味道不错，林小梦说，你怎么喜欢这些呢？

不知道，我从小就喜欢小虫、小花、小草。

我知道，你妈妈是老师，是教生物的。我妈妈是卖衣服的，专门卖内衣。

我认识这草，林小梦指着藏在路边冬青丛里的一种花，那花上面两瓣是蓝色，下面一瓣是白色，看起来像花蝴蝶。它的名字叫鸭趾草，对不对？

冯笑眉说，这草还有一个名字，叫淡竹叶，嫩茎可以吃，当菜吃。

你能，就没有你不知道的花草。

林小梦曾想在认识花草上赢过一次冯笑眉。她特意找的这鸭趾草，一般人都不认识，她拿着问了好几个人，都不认识，她央求她爸爸，她爸爸帮着问了人才知道的，她以为冯笑眉不认识这草。

过后两天林小梦对冯笑眉爱理不理。冯笑眉还问，小梦，是谁惹你生气了？

林小梦觉得自己对冯笑眉有一种情绪，她感觉那情绪像一种叫猫眼草的花。猫眼草的花语是善变，猫眼草还有毒，她和冯笑眉两个都知道。

六

河里的水不少，刚下过雨，傍晚，很多人在河边乘凉、散步、钓鱼。

一个老太太坐在一个马扎上，说这里已经很凉快了，还要去哪里？

一个老爷爷推着电动三轮车，说走，往前再走。

往前再走，老太太拿起马扎，朝着林小梦笑。

林小梦说是的，这里很凉快。

一只狗在水洼里跑来跑去，看到她过来，站住，然后一直看着她，“吧嗒吧嗒”向她跑过来。林小梦害怕，这么大的狗，别让它咬着。狗主人喊住它，狗摇着尾巴，走去主人身边。那人用手蘸些水洗它腿上的泥。

那水洼深处到狗的膝盖，狗有半人高，全身黑毛，尾巴像小山羊的尾巴一样短小，两只耳朵小而尖。林小梦问狗主人这是什么狗，狗主人回答说杜宾。噢，这就是杜宾，好像日本人的名字。

水洼边缘很浅，把手平着放进去，也就刚刚没过手背面，可对于掉进这浅浅水里的蜻蜓来说，大概就是灭顶之灾了吧。离水边一胳膊远的地方，一只蜻蜓在挣扎，身体仰着浮在水面，大眼睛“骨碌碌”不停地转动，尾巴卷起放下，翅膀贴着水面扇动，“扑棱棱”“扑棱棱”，激荡的水纹一圈圈地漾。发现有人过来，它挣扎得更厉害。可怜的蜻蜓，水淹湿了它的翅膀，怎么能挣脱呢？是怎么掉进这水里的？雨水把它打落的吗？还是戏水的时候不小心掉进去的？不会是与小情人追逐时一头撞进去的吧。

林小梦很兴奋，我要救它，救这只被情人抛弃的蜻蜓。

我不想这只蜻蜓就这样死去，帮助它，把它救起来。

林小梦抻长胳膊。看着近，手却不能够着这蜻蜓。迈脚，哪怕是小半步，就好了。水虽然浅，却能湿了鞋子，可她不想湿了鞋子，站在水洼边，把脚往前探了探，再往前，鞋子就沾水了，差一根手指的距离，够不到。想了想，把手伸进水里，往一旁划水，水托着蜻蜓眼看着慢慢过来，伸手捉住它，放在一边的草坪上。蜻蜓像喝醉了酒，扑棱了几下，竟摇摇晃晃地飞了起来，很快，飞得越来越高，越来越远，直到看不见它。

林小梦弯起眉毛，翘起嘴角，很高兴救了一只蜻蜓，想着，不知这只蜻蜓以后见了会认识她吗？假如认识的话，会怎样？假如不认识的话，又会怎样？

笑眉，我救了一只蜻蜓，从深水里，这水深是对蜻蜓来说。笑眉，你躺下的地方，贴着你的脸，就那么点儿水，一马蹄子印的水，人们说你让这一马蹄子印的水淹死了。

七

晚上又下起雨来。林小梦躺在床上翻腾着，听着窗外的雨水落地声，她睡着了。醒来的时候听到雨声轻微，她不知道是什么时间，竖起耳朵，玻璃窗外面的雨滴像泪珠一样成串地往下滴，她想起冯笑眉的眼泪。冯笑眉背着书包，脖子向前伸着，一个人走出校门，手不停地去扶肩上的书包带子，她知道冯笑眉肯定哭了。假如让她遇到这样的事，也会哭，还会一路哭到家。

林小梦爬起来推开窗户，把手伸到外面，接着雨水，叹了口气，笑眉，同学们都不同你玩儿，我也不同你玩了。

林小梦和冯笑眉上幼儿园的时候就在一起了，她们一块儿上小学，又一块儿搬来新小区，她们的父亲是同事，他们在一个单位上班，她们的新家在一栋楼里。林小梦家住这栋楼的西头五楼西户，冯笑眉家住这栋楼的东头一楼东户，大人们说这就是“顶天立地”。她们住在这“顶天立地”的楼房里，一块儿上学，一块儿放学，一块儿写作业。冯笑眉妈妈做的水果饼，上面有菠萝丁、青椒丁、腊肠丁、苹果丁、彩椒丁，好看又好吃。林小梦去叫冯笑眉一块儿上学，是馋人家的饼，冯笑眉妈妈给她，她还不好意思拿着，一个劲儿地说不要不要。等冯笑眉拿着出了家门，一拐弯，林小梦和住一个院的吴聪从冯笑眉手里抢了就吃。冯笑眉不但不生气，还很高兴，一劲地问好吃吧，好吃你们就吱一声，然后林小梦吱一声，像被夹了尾巴的老鼠发出的，吴聪就嗯嗯，冯笑眉就笑说吴聪是属猪的。吴聪的妈妈同林小梦和冯笑眉的爸爸是同事，吴聪的妈妈是科长。

冯笑眉去叫林小梦一块儿上学，林小梦妈妈给开的门。

小梦一块儿走吧。

你先走吧，我还有事。

我等等你。

不用不用，你还是先走吧，我爸爸让我背过这两首唐诗，背不过不让我出门。

林小梦知道这理由很蹩脚，撒谎的是她。冯笑眉说的是真的，她常这样说，我爸爸让我先背诗，背不过不让我出去跳皮筋。

这是冯笑眉隔了两天第三次来喊林小梦一块儿上学。

她肯定想不到，林小梦妈妈对林小梦说，以后别同笑眉一块儿玩了，你看人家笑眉，长得又高又白，再看看你，你和她在一块儿，越发显得你更矮更黑。

这是妈妈的原因，林小梦自己也有避开冯笑眉的原因。

下了课冯笑眉往外走，同学伸脚绊她，她一下子摔倒在地，没有人去扶，还说活该活该，还说谁也别理她，还骂她不要脸，吴聪是你能想的吗？有人见了她的影儿都吐口水，把她的作业本给扔在地上用脚踩，给她的凳子上涂上胶水，弄脏她的衣服，把她的铅笔盒扔在垃圾箱里，让她去垃圾箱里找。

有一次上作文课，老师拿着一本作业本说，有的同学的作文让我感到很不合适。下课后，几个女同学把冯笑眉的作业本贴在黑板上，都来看让老师感到不合适的作文。

林小梦看到同学们在哄笑，冯笑眉趴在桌子上，一个课间都一动没动。那篇作文题目叫《我的好朋友》。

为什么？同学老师为什么这样做？冯笑眉问林小梦。

林小梦说谁让你和吴聪好上了。

我哪有和他好？你是知道的，我们是从小一块儿长大的，平时碰了面，不可能不说话的。

你和他说话，你脸红。

你和他说话，你不脸红？这就是和他好上的证据？

别的同学都这样说，还不和你玩儿。

小梦你也不和我玩了吗？

我也不和你玩了，我不能和你一块儿玩了。

女同学们都说林小梦你这个冯笑眉的跟班，你再和她一块儿，别怪我们翻脸。其实，笑眉，我在吃你的醋。林小梦很想对冯笑眉说，像吴聪这样学习好又长得帅气的男孩谁不喜欢？我和你玩在一起，是因为在吴聪的面前能显出我比你机灵，比你活泼。但这些话她说不出口。

没多久，冯笑眉就不上学了。林小梦知道冯笑眉没上够学，她常常看到冯笑眉在上学的路上走来走去。林小梦远远看到冯笑眉或站在一棵白蜡树下发呆，或站在路旁面包店门口说话，总是躲开，不愿见她。家属院里的人都说，笑眉这小姑娘生病了。

林小梦妈妈还对林小梦和她爸爸唠叨过，以前那个笑眉，多俊的一个小姑娘，你看现在胖成什么样子？怀着孩子八个月的人也不如她身子重，这样下去可不得了，这是病，要治，她爸妈也不知道带她去医院看过吗？

林小梦爸爸说，笑眉这孩子谁知道是咋回事？老冯为他闺女愁得真是一夜白头。

八

第二天早上，雨还在下，雨下得不大，也不能说小，雨落下来，一片“啪啦啪啦”声，地上的积水起了很多泡泡。若是笑眉见到，就会像大多数孩子一样，说那是一个一个的水铃铛，好像癞蛤蟆一叫“呱”就鼓起来的那个大泡。

林小梦曾追着吴聪问：“为什么？你为什么转学？”

吴聪说他感觉有人想欺负他。

“咋了？”

“我知道他是故意的，他就是故意的。我的同桌，他侧着身子，把书包放在桌子靠我这边，他一手按着书包，一手伸进去拿东西，他的眼睛看着我，书包口对着我，张着一条缝，我看到他在书包里的那只手，攥着东西。”

“然后呢？”

“我感觉脖子上的毛都竖起来了，我不敢看他的眼睛。然后他慢慢拿出来。”

“是什么？”

“一个长长的热狗。”

“吓我一跳。”林小梦和吴聪一样，松了口气。

中午，林小梦一个人坐在拉面店里。

拉面端到桌子上，窗外的雨如炒豆般热闹。风听起来像洒水车从门前过。店员把棕色脚垫扔到外面。林小梦想，路旁那个卖西瓜的老人肯定淋着雨了，又想着爸爸曾说他小时候在坡里干活儿，遇到阵雨躲不了，再快，也跑不过雨。拉面吃完了，雨声小下来。端碗喝汤，雨停了。店员说，树枝子断了不少。

林小梦也曾追着吴聪问，你为什么不和冯笑眉好了？吴聪说，我自己都不知道我和她好过，哪来的为什么不和她好了？林小梦听了这话后，感觉从脑子里涌出些什么，一点一点慢慢地把那个美好的吴聪淹没了。

冯笑眉退学很长时间后，林小梦听妈妈说起吴聪的事。妈妈说吴聪因为好心，课后买零食吃的时候也顺便给了他同桌些，这下惹出事了，那同桌认为吴聪家有钱，就同他在外校的表哥，在吴聪值日时放学的路上，拦住他跟他要10块钱并威胁他回家不能对父母说，更不能对其他人说。吴聪长得比他的同桌高壮，可是他打不过人家两个，回家对父母说了。他父亲找到他一年轻同事，那同事理着小寸头，戴着墨镜，穿一身黑西装，也是放学的时候堵住那孩子，连哄带吓唬地说，你这孩子小小年纪不学好，再这样欺负同学就告诉你家长去。毕竟是小孩子，吓得连声说不敢了，再也不敢了。

这件事后吴聪转学了，转到体育学校学习摔跤。林小梦听到这些，忽然想起吴聪说过他同桌从书包里掏热狗的事。

吴聪同桌的父母在外地打工，他家属于城中村，村里没有地种，大多数人家靠给人打工生活。他跟着爷爷一起生活，爷爷给他做饭吃。因为他不只跟一个孩子要过钱，也因为吴聪是体育委员，人缘好，他走后，有同学替他抱不平，就有几个同学一起教训了吴聪同桌一顿。那孩子的爷爷还因此去学校找过。不久，吴聪的同桌也转学了。知道吴聪和吴聪同桌转学的原因，林小梦忽然有了个疑问，假如女同学们知道这些，还会选择欺负冯笑眉吗？包括自己。

九

林小梦走在街上，一辆救护车鸣着长笛疾驶而过。街道中间有一列长长的绿色隔板，把道路遮挡成两半，一半行人，一半修路。送孩子上学的车排着队，三次转换红绿灯方能过去路口。有车插队，引起一片车子的鸣叫。林小梦经过一个时装店，和一个站在一排衣服前面的人目光相对。这是一个无意义的瞬间，但那张脸令她想起一个故人，那女孩有着一样的身段，一样的眉眼。她继续向前走去，时装店里那张脸在她的记忆里暂时保存起来。

林小梦时常想她为什么会内疚，这内疚会有尽头吗？也许有一天内疚会让野葡萄植株紧紧缠绕，结一种紫色的圆果，咬一口，有酸有涩还有甜。

幸福的偷杏

花朵家对门是花爱玲家，花爱玲家有一棵杏树，花朵很喜欢那棵树，不是因为那树能结杏，是因为那树能长捻膘，摘了来，团在手心里，捏在指尖上，揉成球拉成条，好玩得很。至于那树上的杏，基本不想，就是花爱玲都不能够吃，那是用来换钱给她娘看病用的，花爱玲娘身体不好。花朵家西邻三嬷嬷家也有一棵杏树，长得比花爱玲家的那棵杏树还要大，还要高，开的花也多。每年从开花开始，花小勇他们就惦记上了，看着看着花就落了，看着看着树上就结杏了。花小勇他们这样的半大孩子都是些馋猫，见到个虱子都想劈根腿吃，见了地里长着的葱、韭菜、菠菜之类的肯定掐片叶子，卷吧卷吧塞进嘴里，像兔子吃鲜草一样吃得欢实。隐在叶子间，闪过来闪过去的杏，那不是专勾他们的馋虫吗？

等杏长得有小指头肚大小的时候，勇子他们就开始下手了。

对于三嬷嬷家的那棵杏树，花朵说不上喜欢不喜欢，说不喜欢吧，那树上的杏，她也吃过，说喜欢吧，那吃到嘴里的杏是偷来的，感觉膈应。这不，勇子又来找她了。

花朵，去三嬷嬷家摘杏去。勇子的额头圆鼓鼓的，黑眼球格外亮。

后面跟着花田、花海、花玲玲、花大学一帮子。

明明是去偷，偏偏说是摘。花朵说，我才不会同你一块儿偷三嬷嬷家的杏，我怎么可能同你一块儿偷三嬷嬷家的杏？说完心里有一种说不出的快感，嘴里唱着“正义的来福灵，正义的来福灵，一定要把害虫杀死，杀死”。

勇子鄙视地看了花朵一眼说，你不是偷着掐了花玲玲她叔家的葱叶子，还偷着拔了花田家的菠菜？花朵一晕，这也算偷？根本就不算。

勇子叫起来，当然算，为啥不算？你那个不算，我这个也不算。

能一样吗？花朵也迷糊了。

怎么不一样了？你倒是说说。

花朵就在脑子里掐葱叶子，拔菠菜，然后再摘杏，又掐又拔又摘得算不清，说不清，只好耍赖，不理你了。

勇子说，不理就不理，走，找砖头去。说着就领着那一帮子跟班在花朵家找起了垫脚的砖，很快堵鸡窝的半头砖搬过来堆在她家的猪棚子后面。

猪棚子上面仰面躺着两个墨绿大吊瓜，瓜藤像有眼睛，专在猪棚子上爬，爬满了猪棚，又往墙头上爬，那嫩黄色的吊瓜花就吹着小喇叭，随着那藤一路开到棚顶开到墙头。这吊瓜可是母亲的宝贝，怕鸡啄了刨了，专门给它围了篱笆，浇水施肥配花，伺候着，若是给弄坏了，指不定咋发火。

花朵喊，别弄坏了吊瓜花和藤。

勇子说，我才不会像你那样笨。

花小勇双脚踩了砖上，双手攀住了墙头，他的身子贴在墙的身子上，像一只壁虎。花朵看的心怦怦跳，追在他身边说，你才笨，偷甜瓜没偷着，让老师当偷花生的贼捉了。花朵知道花小勇说她笨的事，是有一次队里把留的地瓜种让人从坡里往场院里运，到了村子北门那儿，勇子他们一帮男孩子正在玩陀螺，花朵她们一帮女孩子在跳房子，见了地瓜，像饿狗见了骨头，呼啦都跑过去拿，那推车的人里有花朵父母的学生，认得花朵，故意停下来，让花朵拿，花朵最终没有拿。勇子当时就说她笨，还拿着那红瓤地瓜在她面前吃，左一口右一口，真甜，馋死你，自己不拿，跟我们要，没门儿。后来还是花香给花朵咬了两大口。花朵还记得回家对母亲说这事，有点小得意，他们都跑过去拿，我没拿。母亲也回了她一句，小笨蛋。花朵以为母亲会夸她两句，至少说她做得对，却说她笨，有点小委屈。想到这里，花朵冲着花小勇说，别说是偷，就是白给，别人家的东西也不能要。这次换勇子说懒得理你，反正你是掐人家葱叶子了，我看见的。

掐葱叶子不算。

摘杏也不算。

两人又开始了新一轮的争吵，直到勇子骑在花朵家墙头上。

花朵家和三嬷嬷家虽是一墙之隔，却分属两条胡同，花朵家院门口向东开，三嬷嬷家的院门口向西开。从花朵家出来，向北去，走到胡同头，向左转绕过去，到另一条胡同，走到南头是三嬷嬷家，那胡同是死胡同。勇子他们先去三嬷嬷家院门口，那是个小门楼，两扇木门上贴着的对联还很完整，“忠厚传家远，勤俭处世长”。门上的拉绳一抬手就碰到，与门后的搭关联着，拉一下，“嗒”一声，再拉一下，再响一声。花小勇把一只眼贴在门缝，往院里瞅瞅，再把耳朵贴上听听，没有动静，这才拉开搭关开门进去，大摇大摆的，还满院子找棍子，用来打杏，那树就在她家猪棚子后面，要摘杏，就要爬到棚子上。三嬷嬷家有两个闺女一个儿子，两个闺女嫁到外村，儿子一家盖了新屋搬走了，她老伴也去世几年了，这猪棚子早就不养猪了，猪棚子漏着天，里面放着些柴火，上面搭着的几根木棒看着还结实，勇子两手抱着木棒，屁股在上面一蹲一蹲，像骑马一样，玩一会儿，才站到木棒上，摘杏，对襟褂子上有两个口袋，右边的那个漏了，把杏放左口袋里，大约摘了大半口袋，这才慢悠悠地下来，反正三嬷嬷没在家，就是在家也不怕，三嬷嬷是小脚，别说跑了，走都走不利落，让她看到，也是追不上他的。

若是在院门处弄出些动静时听到三嬷嬷在屋里说“谁啊”！勇子他们就不从正门走，从胡同里转出来，到花朵家，从花朵家爬墙去三嬷嬷家摘杏，反正三嬷嬷在屋里，只要悄悄地，她也不会发现他们。花朵知道，勇子根本不害怕被三嬷嬷看见，三嬷嬷和他好着呢。有一次在街上，三嬷嬷手里拿着东西，腿带子松开了，没法走路，是勇子跑过去帮着绑上的，这下勇子成了三嬷嬷眼里的好孩子，见人就夸勇子，多亏勇子帮着她绑腿带子，大冬天，雪窝里，冻煞人，绊倒的话，摔个跟头还是个事？连花朵都知道这事，写好人好事的作文时她还写过。

看着骑在墙头上没正形的勇子站起身，顺着墙头向那杏树走去，竟是如同走在平地上，身子都不曾晃一下，好本事，花朵也能在墙头上走，却不能像勇子一样，走得又快又稳。

看到花大学、花海也翻墙过去了，花朵说，我要告诉老师。勇子说，告诉啊，谁不告诉谁是小狗。

告诉啊，谁不告诉谁是小狗，其他人说。

这事花朵要告诉老师，老师肯定罚勇子站，可罚站对勇子来说，根本不算个事儿。拿苍耳放在女生头发上，往下拽男生的裤子，中午不睡觉去下河，上课做小动作惹同学发笑，等等，他就是一混世魔王，全学校的人谁不知道花小勇？还有他偷着扒老师家地里的花生，被罚在教室外站了半天。勇子说这事是老师冤枉他，他说他根本就没偷花生，不但没偷，连想都没想，他想偷的是甜瓜。他听说甜瓜快熟了，约着花田、花大学偷甜瓜。他俩从瓜田的一边摸过去，花小勇猫着腰走的是另一边，还没走近瓜地，就被不知从哪里冒出来的老师抓了现行，小兔崽子，看你往哪里跑。老师是他本家三叔，勇子倒也不怕，主要是他没偷花生。

老师问偷了几次？

勇子问偷啥？

老师恨恨地说花生。

勇子理直气壮，我才没偷。

老师不相信，没偷你大晌午来这干啥？

干啥？啥都没干，玩儿，对，捕蚂蚱。

想着那馋人的大甜瓜，他说，总不能对老师说是来偷甜瓜的吧，谁信？反正老师是不信，拽着他回了学校，罚他站在教室外面。一下课，同学们都围了来看，他还对人挤眉弄眼，气得老师又吼他，花小勇，老实点，耍猴子啊？跟着看的小伙伴们就笑。

其实花朵也被冤枉过。有一次去割草，左手边就是黄瓜地，也不知谁看到她在拔草了，回去的时候，母亲对她说，你二嫂来了，她说让你以后别那样了。

咋样了？花朵问。

她家的黄瓜少了。

花朵一听很生气，眼圈当场就红了，这是冤枉她偷的。我没偷，不是我，我就在那儿拔草。

母亲就问她，你看到谁偷了吗？

没看到，相信我，我真没偷。然后就哭。

母亲说，没偷就没偷，多大的事，看你冤的。

看母亲不在意的样子，花朵气得更哭了，我真的没偷，我去找她去。花朵真的找了二嫂，二嫂说没偷就没偷，用不着哭啊，俺又没说你偷了。

隔了不长时间，花朵放学回家，一进门，闻着一股子黄瓜香味。母亲说，这是你二嫂给的，说是专门给你的。花朵一扭头，不要，给她送回去。你不要俺要，你不吃俺吃，弟弟妹妹早就分了一根吃起来了，黄瓜的香味直钻鼻子，馋得她一个劲地咽唾沫。她也是很馋的，春天刚翻的地里，黑黄土里，露着白生生的福子苗根，她也去捡来吃，又甜又脆；割茅子草的时候，定用小镰刀挖几根毛根吃吃，又水又甜又有嚼头；夏天大雨过后，柳树底下捡蘑菇，回家用梧桐叶子一包，塞在灶底的暗火里一闷，喷香喷香；去河滩里拔草，顺便下个河摸条泥鳅捞个河蚌，回家烧烧吃，解解馋。但一想到二嫂冤枉她偷黄瓜，这黄瓜是不能吃的，坚决不吃，争一口气，最后她也没吃那黄瓜。

因为偷东西的事，勇子母亲没少拿笤帚疙瘩打他，他母亲打一下说一声，我让你出去惹祸。他把屁股撅起来，对着他母亲，笤帚疙瘩落在他身上一下，他跳起来一下，嘴里喊着，不疼，不疼，跟着看的小伙伴们笑，他母亲也笑，扔了笤帚疙瘩，他该干啥干啥，像没事人一样。让他父亲知道了，也就嘴上说说，再出去惹事看我不打你，却一次都没打过他。他父亲很宠他，他最小，可娇惯了，都上学了，晚上起来撒尿，他父母还在屋里点上火，烘烘屋，才让他爬起来，尿盆都给他端炕上。要是拿晚了，他就使坏，把尿撒在被窝里。

当然打小报告这种行为会被小伙伴们鄙视，不光是看不起还讨厌，一旦发现谁打了小报告，就不同他玩了，拔草不带你，捉迷藏不带你，下河不带你，开火不带你，这事不带你那事不带你，那不严重了去了。所以这打小报告的事一般也没人去做。就说眼前这偷着摘杏的事，花朵知道这是不对的，她肯定不去，她的父母是老师，天天教育学生不拿群众一针一线，怎么能让自己的孩子与偷沾上边呢，不但不能偷，平时捡到东西都要交给老师，什么橡皮头铅笔头的，铁丁纸片的，从不留下，都上交。

就在花朵郁闷，知道勇子他们这样做不对又拦不住他们时，勇子已把杏摘回来了，分着吃，给花朵杏的时候，她也接了，咬一口，酸得打哆嗦。勇子问，还吃吗？吃，看谁吃得多。

花朵吃了那杏，牙酸倒了，两天不敢吃东西。

勇子他们隔不长时间就去偷一次，从没让三嬷嬷捉住，等杏快熟了的时候，他们已够不到了。

有一天放学路上，勇子追上花朵，拿出一个杏，这次这杏是熟的，用手掰开，给了花朵一半，自己留了一半，还说见见面分一半。杏黄中带红，吃在嘴里酸中带甜，软绵绵的，好吃。就是杏核也让勇子拿砖头打破，两人分吃了那杏仁。勇子说这是三嬷嬷送给他的，三嬷嬷包了一小手帕杏，对他娘说，孩子盼了一春天了。勇子说他当时两眼盯着三嬷嬷的手，觉得那手怎么那么大，包的杏那么多，还说他觉得偷三嬷嬷家的杏真幸福，一次都没被三嬷嬷看到。

花朵说幸亏三嬷嬷没看见你偷杏，若是她看到一吆喝，那棚子那么破烂，你一准掉下来，摔不断腿也摔断胳膊，勇子嘿嘿笑，你瞎说，我的胳膊腿也不是纸扎的。

吃了这熟的杏，花朵心里有了一个奇怪的念头，去三嬷嬷家摘杏，大概是不算偷了。

花朵现在除了喜欢花爱玲家的杏树，也喜欢上了三嬷嬷家的杏树。

一个宝飞过来

老校长站在办公室门前，右手拿一铜摇铃，手腕上下摇动，铃声便响起，叮当叮当，半边庄都能听到。

第一遍铃声响，是预备铃，村里的大人见了还在打闹的孩子们，就会说还不快走，学校都响预备铃了。孩子们听到，收起懒散，一下紧张起来，匆忙跑向学校。

老校长是个可爱的老头儿，胡子长到腮上，鼻毛冒出鼻孔，没事喜欢站在校长室门前，拿一把小剪刀剪鼻毛。

老校长的趣事不少。

花大学大哥与几个同学割草的时候，扒了地里的花生吃，让村里人顺着他们啃吃的花生皮追着找到了学校。校长说，谁让你们那地种花生来着，能生吃的东西，离村子又近，哪个孩子不馋？你们不会不种花生？种别的，不能生吃的，你看还有没有孩子去扒。

村里的孩子哪个没扒过地瓜，掰过棒子，撅根秫秫，偷瓜摘茄子烧豆子，这算个么事？地里长出来东西不就是给人吃的吗？

那人低头不作声，成一棵红脸秫秫。

老校长又说，你也是这学校的学生，叫什么花树根吧，真不想揭你的地瓜皮，我记得当年你们几个同学好像摸过别村的西瓜，摸到了就快走吧，偏不走，还逞能，故意大声咳嗽，弄出点动静来，让看瓜的老头儿撵你们，让人家告到学校里。谁若说小时候从没偷过瓜摸过枣，那他肯定是没挨过饿。

花树根嘿嘿笑，俺找队长说说，那地改种土豆，土豆不能生吃。

老校长说种谷子也行。

花树根前脚走，老校长后脚就把几个扒花生的学生叫到校长室，自己说说，哪里错了？老校长阴沉着脸，坐在办公桌前，右手大拇指一张一合，握在手里的小剪刀，发出咯哒咯哒的声音，好像坡里的“咯哒剪子”蚂蚱，飞来飞去，几个调皮孩子盯着小剪刀，这玩意儿没见过，恨不得拿在手里拆开看看。几个学生都低着头，说不该去扒队里的花生。他们还纳闷，这老头儿咋知道是他们几个扒花生的？难道他有千里眼？又听老校长说，孔乙己说偷书不算偷，小孩子偷瓜摸枣也算不上偷，可也算不上光彩，有能耐等将来在你们扒花生的那地方建个大饭店，愿吃啥就吃啥。老校长摇着他的小剪刀，对他们说走了走了。

直到出了校长室，他们还有点蒙，没事了？就这样？哈哈哈，谁让你们的地里种花生来着？他们觉得有趣极了。

这会儿，老校长正左手卡在腰间，手心向上，拇指朝前，站在办公室门前，看学生一群群涌进学校，引得很多同学动不动就来这个动作。但学生们不学老校长，觉得他的样子很像腰疼，需要用手扶着，没有卡腰的气势，他们卡腰，手心向下，拇指朝后，一瞪眼，一昂头，胸一挺，手一攥，那样才显得特别英雄，特别牛气，特别铁梅。

花朵却英雄不起来，牛气不起来。这两天，花朵远远地躲着老校长，贴着墙根，低着头，拿头发遮着脸，慢慢走过去，心里祷告着别看我别看我别看我。

花朵一脚迈进了教室，方松了口气，同桌花大学对她说，花香的娘来学校找校长了。花朵很吃惊，谁有这能耐？花大学说，花香下课后跑着去茅房，另一个年级的，对，就是那个小胖子，从茅房里往外跑，“砰”就这样两人碰在一起，据说一个额头起了包，一个嘴唇出了血。花香娘说欺负她家孩子就不行，要学校给个说法。花朵问，后来怎么样了？花大学拍着胸膛说，当然让校长给撵出去了，竟然来学校要威风。花朵听后更是担心，老校长说不定什么时候就来找她算账。

花朵其实同老校长没说过话，老校长同她说了一句话，那是报名上学的时候，他说，你要是别家的孩子，这个年纪根本不能上学。花朵没吭声，不明白什么意思，回家问，才知道，像她这样的孩子，要先在家多带两年孩子，像三妮儿还有四妮儿的姐姐，花大学的姐姐都是这样，九岁上学，不晚，上个三两年，能认识自己的名字，就退学帮着家里干活儿。

花朵用纸折了宝，要赔给张顺来，用爷爷的烟盒折的，但烟盒纸又软又薄，没有张顺来的光亮，怕他不喜欢。

花朵父母在学校，没有看孩子的，花朵弟弟常跟着花朵在学校玩儿，上课的时候，他就在教室门外，一个人玩儿，一会儿在地上翻跟头，一会儿拾小砖头玩儿。

课间，花朵陪着他玩儿。

前日里，一个宝飞过来，花朵弟弟像一只大花猫扑过去，看了看左右，没有人过来拿，他拿起来，举着给姐姐看，烟盒纸叠的，里面还塞着薄纸壳，边是边，沿是沿，是个刚折不长时间的宝。花朵说，你拿着玩吧，有人要就给人家。花朵转身跳绳去了。

花朵弟弟拿着宝，拍地下的小砖头。

花朵看见一个高年级的学生拿脚踢弟弟，弟弟翻了一个滚，又翻了一个滚，躲闪，那踢来的脚踢空，花朵看见了弟弟的害怕。曾经，花朵和弟弟被几个大孩子围着，他们说着父亲的名字，学父亲讲课的样子，然后大笑。弟弟拽着她的衣角，身子紧贴着她，颤抖，花朵也害怕，拍着弟弟的背，眼睛直视着他们。

花朵一下冲过去，像一只带角的羊，一头撞在那学生身上，花朵往前冲了好几步，才刹住身子，回头看那人，那人刚从地下爬起来，嘴里吼着干什么？干什么？

花朵又冲向那人，这次是对着那人没头没脸地打，边打边喊，我让你欺负我弟弟，我让你欺负我弟弟。

那人用手护着头，直嚷别打了别打了，宝我不要了。

周围的同学大概都愣住了，一时没有作声的。

花朵停了手，什么宝？

那人摸着头，指了指地上花朵的弟弟，花朵弟弟满身是土，手里拿着一团纸，花朵说，不就是个破宝吗？我赔，你打我弟弟可不行。

这时上课铃响了，花朵只好停下同那人的争执，跟着同学们进教室。

坐在课桌前，才发现心跳得像要从嘴里出来，手火辣辣的痛。一节课也没听到老师讲得什么课。一放学，花朵带着弟弟往校外走，往前瞅瞅，回头看看，那个学生会不会等在哪个旮旯儿，准备报仇哩，他要是拿着砖头怎么办？他要是发起疯来打破她的头怎么办？花朵想到这儿，抬手摸了摸了额头上的一块疤，那是弟弟拿小镰刀玩儿，不小心抡了她头上，出了好多血，她和弟弟当时都吓哭了。

花大学追着花朵，对她说，你知道你打的人是谁吗？

花朵的脑袋转来转去，没看到那个学生。是谁啊？敢打我弟弟，我可不依。

花大学说，是老校长的孩子。

什么？老校长的孩子？谁说的，你咋知道？

我就知道，我还知道，他不是亲生的，是领养的孩子，很娇惯，他叫张顺来，你打了他，等着他告状吧。

花朵的心吊了三天了，每天上学、放学都贴着墙根走，不敢看站在那儿的老校长。

在家里，花朵看着父母该吃饭吃饭，该上学上学，该下地下地，与平时也没什么异样。

花朵希望再也不要见到那个叫张顺来的学生。

要不干脆生几天病得了，生了病还能吃好的，兴许过几天，就没人记得这事了。

于是，傍晚放学后，花朵不出去拔草了，也不哄弟弟妹妹，也不管猪叫鸡叫，到炕上翻出被子，把自己包了起来。父母回家见了，说这是咋了，大热天的，不怕热的中暑。母亲把手放在花朵额头上，说不发烧啊，哪里不舒服这是？花朵闭着眼说，我病了，头痛。父亲又过来，赶紧把被子拿走，这是热的。摸了摸花朵额头，没事没事，喝碗面疙瘩汤就好了。弟弟在一旁说，姐姐得了馋病。母亲说，吃了饭歇一晚上，明天该干啥干啥。

第二天，老师有事请假，老校长给他们班上体育课，做游戏，让他们闭上眼睛，原地转圈，然后说出方向。花朵转了，然后说北。再来，同学们惊奇，不论转几圈，她总能说对方向。老校长的目光落在花朵身上，上前几步，用两手架着花朵转了圈，停下，花朵伸手指着说这是北，这是东。老校长说，真是服了你个小孩子，总能找到北。

花朵笑了，老校长真的护犊子。

后来，在学校偶尔碰到张顺来，花朵从他身边走过的时候，就说，校长的孩子有什么了不起？哼！她看到他愣愣的样子，觉得很解气。

后来两人再遇到，张顺来说，不就你爹娘当个老师吗？你又有什么了不起？哼！花朵的火气又上来了。

花朵听花大学说，他有一本小人书，是《林海雪原》，花朵已看过两本，是姥姥家邻居的。她追着花大学问，这小人书是谁的？花大学说，你打的那人的。给她看，封面上写着“四年级张顺来”。花大学说，这小人书他有一套。竟然有人有一套，花朵顿时觉得张顺来很了不起。她可是一本都没有。知道谁家有小人书，不弄来看看，花朵就不是花朵了。

花朵惦记上了张顺来的小人书。

每天放学后，花朵故意走到最后，可就是碰不到张顺来。

再后来，花朵拔草的时候，遇到张顺来，看到他把鞋子拎在手里，光着脚走路。花朵很纳闷，这天好好的，又没下雨，这路好好的，又没泥没水的，干吗光脚？她拎着篮子追着问，喂，你干吗不穿鞋？不怕蒺藜扎脚？

张顺来不说话，只管走路。

花朵说，我自个儿猜，你怕把鞋子穿坏了，回家你娘打你，再不给你做鞋穿了。村里的华子就是这样，常把鞋脱下来揣在怀里。

张顺来低着头，搬着一只脚看脚底板，扑打了两下，继续走路，说了句瞎说，我喜欢光脚走路。

花朵问，你这是去哪儿啊？

张顺来说，回家。

是了，老校长不是本村的，是从外面来的，吃饭是全村轮流给他送。

花朵说，听说你有一套《林海雪原》小人书，借给我看看吧。

张顺来说，好啊，可是我怎么给你啊。

花朵的脸一下子笑得像喇叭花。

花朵想了想说，星期六下午你放学回家的时候，到村北头苹果园的东北角，我在那里等你。那里是张顺来回家要走的路，那里的草也特别多，主要是那里人少。花朵担心这事让同学知道，说她和张顺来"相好"，"相好"到底是个啥东西，花朵不懂，但她知道不是个好东西，人说"某某某和某某某相好"的时候，都唧唧笑，笑得某某某和某某某再不说一句话，好像不是从小一块儿长大的一样，好像从不认识一样。

看到路边的毛莠子草，张顺来会停下来拔几把，给花朵，两人一前一后再继续走。

张顺来说，他小时候，家里人把屋里所有带响的东西都弄得不响了，门搭关用布缠起来，柜子、箱上的铜锁用布包起来，窗台下的鸡窝也挪了，我娘说，怕吓着我。我娘还说，我爸爸放学回家，抱着我不放手，去井上打水，也抱着，也不怕孩子掉井里，好歹没把我抱成罗锅子。

花朵说，我弟弟坏得不得了，有一次我做饭，一没注意，他拿铲子铲了土倒进去，还笑。他还用小镰刀打破我的头，他不干活儿，还吃得比谁都多，他撕了我的书折宝，我大骂了他一通。

忽听花朵喊到，快看快看，好多米口袋。边摘边往嘴里送，小米粒一样的籽挤在舌尖上，花朵说，好吃，里布袋，面布袋，打一巴掌转过来。

张顺来也喊着，快来快来，好多地稍瓜。

地稍瓜就像缩小的线穗子，咬一口，像喝了口加了糖的羊奶。

花朵说，我有个事对老校长不满意。

张顺来摘了一捧地稍瓜，放在花朵篮子里，说你别都吃了，给你弟弟留些。

看花朵翻白眼，黑眼球要跑到眼眶外了，赶紧开口道，咱俩打架的事，我爸不是没找你吗？

花朵说，我是说这次评模范劳动学生的事。

张顺来问，没有你？

花朵说当然有我，我这么能干，怎么可能没有我？我不是说我的事，我是说我班同学王大学的事。

这同我爸有什么关系？这事就是谁拔草拔得多，谁拾麦子拾得多，谁劳动积极就评谁。对了，那熊孩子不会像我一样，篮子里放小树枝，顶着上面的草，好像拔了满满一篮子，斜着身子挎着篮子，假装很重的样子。

花朵的嘴大张着，你竟然这样？人王大学才不这样，我看到了，他胳膊上一条条红印子，真是让篮子把儿压出来的。

那为啥没评上他？

他娘来学校找了，你爸爸说，他家成分高，他娘一听，就不吵不闹了，拉着王大学走了。成分高是啥事？

不知道，回头问问下次跟你说。

看着渐渐走远的张顺来，花朵说，千万别忘了小人书，一套啊，我家有本《红岩》，换给你看。

声音响亮，惊得草丛里几只“咯哒剪子”蚂蚱飞起来。

花朵放下篮子，追着捉，这蚂蚱到底是从哪儿发出的声音，像老校长拿小剪刀剪鼻毛。

捻捻膘

村里的人都说花爱芹疯了。

疯了就是像村里的金花娘那样，不洗脸不梳头，身上穿得花花绿绿，头上缠得花花绿绿，好似把能穿的都穿在身上，能缠的都缠在身上，生怕人家抢了去，身上的味道谁闻到谁捂嘴皱鼻子，身后常常跟着一群凑热闹的孩子，一路闹哄哄的。难道花爱宁的姐姐变成这样了吗？花朵实在想象不出疯了的花爱芹是什么样子。

花朵家与花爱宁家斜对门，她家有棵大杏树，不知活了多少年，比花朵家大黄狗的腰都粗，伸展开双手都搂不过来。花开的时候，说红不红说白不白的花，密匝匝缀在枝上，引得蜜蜂、蝴蝶满院子飞，花香隔着胡同隔着墙，在花朵家都能闻到。灰褐色的树皮上，裂纹像冬天村里许多母亲的手，张着一个个口子。树干的丫杈处常常冒出些小球样的东西，软软的，水水的，拿在手里，像块高粱饴糖，人们叫它“捻捻膘”。每每看见，花朵和小伙伴们总暗恨这东西咋就不能吃哩，看起来是那么好吃的样子，不能吃能玩也行，于是常常取来拿在手里玩耍，又捏又团又搓，随便你捏成个什么，享受的是那种肉肉的任你捏扁搓圆的感觉，直到玩成黑乎乎的一团，没有了弹性，还舍不得扔掉。

因为这捻捻膘，花朵常去花爱宁家玩儿，两人又一块儿上的学，常在一起带弟弟做作业或上坡拔草，自然同她家人也相熟。花爱芹是花爱宁的姐姐，比花爱宁大八岁，在花朵和花爱宁的眼睛里，她姐姐是怎么看怎么好看，两条溜滑的大长辫子在背后甩来甩去，眼馋煞人，穿着带补丁的裤子、褂子，也掩不住身上一股子一股子的香气。花朵和花爱宁常盼望着长大，长大了就能像花爱宁姐姐一样好看，一样香喷喷。

花朵手里搓捏着一块泥蛋子大小的捻捻膘问花爱宁，听说你姐姐疯了，是真的吗？

花爱宁把手里的捻捻膘一下子扔在地上，用脚踩来踩去，他们在胡说，我姐姐才没疯，说我姐姐疯的人才疯了呢。

花朵把捻捻膘放在食指和拇指间，用劲捏，捏成一张小圆饼，点点头，说，你姐姐那么好的人，长得好，又能干，脾气也好，怎么会疯呢。

花爱宁的娘病得很厉害，下不了炕，饭是做不了，只会躺在炕上瞅屋顶，家里却让她姐姐收拾得很干净，不像家里有病人的样子。天气很冷了，她姐姐捉得蝈蝈儿还在屋檐下“蝈蝈蝈蝈”地叫，窗台花盆里种着一个白菜疙瘩，能长到开花，说这些都是给她娘解闷的。冬天每逢星期天没事的时候，花朵和花爱宁就在她家炕上玩“拾果果”，她姐姐有时候也陪着她们玩儿。这“果果”是花爱宁的姐姐帮着砸的，砸“果果”要先找大小适中的小石头，用另一块大点石头砸。别说家里没有锤子，就是有也不舍得拿出来让孩子砸石子玩儿。把那小石头砸成杏仁般大小，砸一副果果是五块石子，常常砸到手指，谁的指甲黑了块，肯定是砸果果砸着手了。石子在炕席上滚动，她们再拾起来，嘴里说着“一耩、二耪、三耕、四割一划拉来家”，花爱宁的娘在旁边听着，插一句，这拾果果咋像种庄稼来，还一耩还二耪的。接着说，芹儿，我嘴里干得很，满嘴发苦。花朵看见花爱芹盘在炕上的腿一下子伸直，下炕去给她娘倒水。扶着她娘喝了水，放下碗，上了炕，抓起果果刚撒下，她娘又说，她要解手，花爱芹扔下果果，搀着她娘去了另一间屋。

花朵问花爱宁，你不去给你娘倒尿盆？

花爱宁把几块果果向上一扔，手一翻，果果落在手背上，说有我姐姐呢！用不着我，我一闻到那味就吐，受不了。

花爱宁的父亲在外地工作，据花爱宁说，她父亲一个月回家一趟，一百多里路，路又不好走，骑着辆破自行车，“蹬打蹬打”地骑一天，天黑才到家，住一晚上，第二天天刚放亮就接着往回赶。她和她弟弟长到七八岁的时候，还不知道那人是他们的爹，只知道在家里有时候遇到这个人，她还同她弟弟说，这个人来咱家干什么？见到他两人还躲起来，他们的母亲知道后，告诉了他们的父亲，从那以后，每次回家，他们父亲特意把他们叫到面前，给他们包花生或几块糖块，他们这才知道这人就是他们的爹。

有一天，下着毛毛雨，花爱宁家的杏树叶子像水洗过一样，空气里一股子土腥味，利用吃午饭前的那点时间，花朵和花爱宁各自带着弟弟，摘了她家杏树上的捻捻膘，在花爱宁家的大门口玩儿。她姐姐下坡回家，背回一捆子喂兔子的草，草捆几乎淹没了她，远远看去，就像草捆会自己走路一样。走近了，她笑着说，在玩捻捻膘啊，捻捻膘真那么好玩儿？嗯。花朵他们几个都说真好玩儿。花朵看见花爱宁姐姐的脸上浮着细小的水珠，脸红得像苹果，这是课本上刚学的比喻。人的脸咋像苹果？这事花朵真不信，看见花爱宁姐姐的脸，不由人不信，面前这张脸，右脸颊上的笑窝一下有一下没，红彤彤的，还发亮，还带甜味，恨不得让人咬一口。

花爱宁姐姐没再说话，背着草捆进了家门。

花朵说再玩一会儿，就回家吧。

这时，从胡同南边走来一个人，穿着一身绿军装，戴着有红五星的帽子。解放军叔叔！花朵和花爱宁简直傻了，这是她们第一次亲眼见解放军，眼看着那人进了花爱宁家，花爱宁尖叫一声，跑回家，连她弟弟也不管了。花朵搬了两块半头砖，垫在脚底下，抻长脖子隔着花爱宁家的墙往里瞅，看到她姐姐脸更红了，低着头，说了句，你咋来了？那人个子真高，进屋的时候，花朵看见，他的头碰了门框上，花爱宁捂着嘴吃吃地笑。

后来花爱宁对花朵说，那人同她姐姐是同学，喜欢上她姐姐了，可她父母不同意。花朵觉得她姐姐要是嫁给那个解放军叔叔，肯定很幸福，他们两人就像《林海雪原》中的少剑波和白茹。

花朵真是不明白，为啥？为啥你娘和你爹不同意。

哎，他们见了那人害怕得像被鬼子撵，害怕姐姐跟人家走了，家里没人干活儿，日子没法过了。他们家里离了她姐姐，连口水都打不来喝。

花朵对花爱宁说，咋就打不来水喝呢？让你爹买一把水壶，在壶把上拴根长绳子，就能打水了。花朵父母当老师，常常不在家，打水做饭这些自然落在花朵这老大身上。花朵把自己打水的经验说给花爱宁，让她打水，替着她姐姐，好让她跟着那解放军叔叔走。

解放军啊，花朵说，那是不怕大雪压顶的松树，那是搏击长空的雄鹰，那是威武挺拔的白杨，花朵把能想到的和学到的好词语用在解放军身上，最后她说，等她长大了就嫁给解放军。花朵问花爱宁，你呢，你嫁什么人？花爱宁说，嫁人？我没想过。

花朵再见到花爱宁的姐姐，发现她很少笑了，也不爱搭理她们了。原本话就少，现在更少了。冬天没事的时候，除去做针线活儿，她就喜欢拿副扑克牌算命，在她家的坑上，她娘躺在一边，她盘腿坐在一边，把一张张牌铺在炕席上，给她自己算，给她娘算，也给花朵和花爱宁算。把一副牌打乱了，洗好牌，从中抽出一张，再洗，再抽，她就根据抽的牌说以后怎么样怎么样，以后的事谁知道呢，也没人太往心里去，就是个玩儿，当然说到谁好时，心里也是高兴，说到谁不好，心里也觉得不舒服。

在柴草垛里打个洞，坐在里面玩耍，这是村里小孩子常干的事。在场院里有好多大大小小的柴草垛，一般选个大麦秸垛，几个人分工，有从东边开始的，有从西边开始的，南边北边也一块下手，双膝着地，两手像两只爪子，如兔子扒窝老鼠打洞，唰啦唰啦，掏出的麦秸不停地向两边涌去，从东边进去从西边出来，南北通道也打通，中间的地方，再弄得大点，他们就可以在里面玩儿，显摆显摆心爱的玩意儿，分享分享不能同老师家长说的小秘密。洞口伪装起来，外面的人看不出异样来，一次村里小伙伴捉迷藏的时候，花朵和花爱宁躲进了柴草洞里，听着外面的大呼小叫，两人一动不动，不知不觉，竟是睡着了。

花朵是被外面的声音惊醒的，只听一个男人的声音说，要不你跟着我走吧，走得远远的，让你娘你爹找不到。

过了会儿，又听到一个女人小声说，不行不行，让我爹知道了，还不打断我的腿。

男人的声音带着恼意，我说你爹也太那个了，动不动就打你骂你，你就是你家的丫头。

是啊，我就是大丫头，我爹我娘都这样叫我。

你咋那么笨呢？我是说你是使唤丫头，使唤丫头，懂不懂？谁不知你爹爱玩儿，只要有机会，就叫人去你家，又吃又喝，还不是你做饭烧水伺候他们？你又要上坡干活儿，还要伺候你娘，照顾你妹你弟，不是使唤丫头是什么？芹儿，我是真喜欢你，跟我走吧。

不行的，我爹会打断我的腿。麦秸被撞得簌簌地响，还有小狗一样的呜呜声，夹杂着断断续续的女声……打……断腿……呜……

直到外面没有动静了，花朵才想起叫醒花爱宁，一看，花爱宁睁着大眼正发呆。花朵说，你都听到了？听到了。花爱宁点点头，那个女的是我姐姐。两人从柴草洞里钻出来，抬头看天，天空像一块蓝色的绒布，上面缀满了宝石。花朵指着天空说，你看那就是“八八琉璃井”，我爸爸说，那口井中间有颗星星，据说是织女去打水，不小心踩下了井沿上的一块砖，落了井里，就成现在这八颗星围着一颗星的样子。

花爱宁说，你知道吗？我很羡慕你，有个从不打你的爸爸。

花朵笑了，我爸爸不打我，我娘打我。

不信。

不信？他们只是不当着外人的面打骂孩子，不信你跟着去看看，今天回去这么晚了，肯定挨打。

果然，一进门，灯光从屋里照出来，花朵母亲的声音也跟着出来，死在外面还知道回来，看你是骨头痒痒了。花朵的手背在后面，打了个手势，她知道花爱宁躲在外面看。

有一天中午吃饭的时候，忽然听到外面有人喊，有人跳井了。扔下碗筷，花朵一家人全都跑出去看，花爱宁的姐姐正趴在井沿上，“呜呜”地哭，上身拼了命地往井口探，一帮子人拉着她，她娘也坐在地上，一下接一下抹着脸上的鼻涕眼泪，哭着说，这可让人怎么活啊，啊……我也不活了，都是我这个病身子，拖累了一家人。花爱宁的爹站在院子里，冲着院墙外说，你就是死了也不让你跟他。花朵看着这个人站在屋檐下，嘴里叼着支烟，穿着一身黑衣服，像一截用铁皮做的烟筒，发着冷光。花爱宁站在她娘身边，用手抠着鼻子，没有哭。有劝的有拉的，不长时间，井边的人散了去。

井就在花爱宁家的西墙边，整个胡同的人都吃这井里的水。大人不让小孩子瞅井，说井里有妖怪，专吃小孩子。花朵趴在地上，慢慢地往井口边挪，探头往井里瞅。井水很深，很平静，像一面镜子，照出她的人影，一片云彩从她头上飘过。据大人说，这井深得大人掉进去都不见头顶，打水的时候不小心把水桶掉井里，要用一根很长的竹竿绑上大钩子，才能把水桶捞上来。井水这么深，人掉进去，还能活吗？哎，花爱宁的姐姐得多伤心，才敢往这井里跳。有人远远地喊，谁家的孩子，不能瞅井啊。花朵听到，赶紧跳起来跑走了。回家后她问母亲，花爱芹有什么想不开的要跳井。母亲说，她那个爹娘就是个顽固脑子，跟谁不是跟，非要挡，挡不出个好来。原来，本村一个叫花玉明的小伙子看上她了，她也喜欢他，她爹娘死活不同意，嫌人家没有娘。母亲顺口教训道，你可要好好学习，别身在福中不知福，当年花爱芹像你这么大的时候，想上学都捞不到，她家里早就不让她上学了。母亲说，你爸爸没少去她家做工作。花朵问，做成了吗？父亲说，哪里做成了？她娘只会哭，她爹只顾闷头吸烟，就是不松口。也是，这么大的孩子，涮锅、做饭、带孩子、拔草、喂猪，啥活儿都能干了，大人用着倒很顺手，就是亏了孩子。母亲说，你姥姥说，不管小子闺女，只要愿意上学，就是砸锅卖铁也让孩子上，咱家里也一样，学你们只管上。

这件事后，花朵很少去花爱宁家了，捻捻膘也不怎么玩了。

再见到花爱芹，她再不是红苹果一样的脸了，白白的，倒也好看。

很快她就出嫁了，嫁到外村。虽说是外村，同本村也没什么两样，前后村，相隔一条沟，前村沟边的人家倒垃圾，就能倒在后村的地里。

过了不长时间，她离婚回娘家，人竟是疯了。

现在花朵长高了，隔着花爱宁家的墙不用在脚底垫半头砖就能看到她家里，只见花爱宁的姐姐一手抱着一个枕头，一手拍着枕头，脸时不时贴一下枕头，嘴里说着，不哭不哭，一边在院子里来回踱着步。枕头是用青布做的，不知谁用过的，上面油乎乎脏兮兮的，抱在她怀里，大小很像一个娃娃，就像花朵和花爱宁玩过家家，她们拿块半头砖当娃娃，她拿枕头当娃娃。花爱芹看到花朵在看她，朝花朵笑，“嘿，嘿嘿……”的笑声让花朵身上起了一身鸡皮疙瘩，看到花朵还没走，赶紧抱紧怀里的枕头，朝着花朵龇牙吐口水，嘴里不停地嘀嘀咕咕，也不知说啥，脸上身上还算干净。这样的花爱芹让花朵感到害怕，赶紧跑回家了。母亲说，花爱芹的爹娘也能狠下心，为了百八十的彩礼钱，把闺女坑惨了。以后不准去她家玩了，和他家的小闺女搅和在一起，学不出好来。怪不得花爱宁头发上卡了新发卡，像一只五彩的蝴蝶落在她的头发上，花朵喜欢了好久，母亲一直不舍得给她买。

不几天，花朵隔着墙看不到花爱宁的姐姐了，问花爱宁才知道，她父母又把她姐姐嫁了。花爱宁说，她姐姐生了个男孩子，被她婆家留下了。她说，花朵你不是问我长大了嫁个什么样的人吗？我想好了，我要嫁给我姐姐的小叔子，给我姐姐报仇。花朵很吃惊，报什么仇？花爱宁说我姐姐嫁的人家是我姥姥村里的一个妗子保的媒，那家兄弟三个，人看着老实又能干，再说自家亲戚保的媒，肯定错不了，连打听也没打听，我爹娘就让姐姐嫁了，我当时不同意，那人来我家我就往外撵他，走吧，别来我家，我姐不跟你。我也劝过姐姐，别跟他，一看就是那“死牛蹄子不分丫”分不出孬好的木头人，个子那么矮，根本配不上你。最后姐姐听话地嫁了，万万没想到，嫁过去才知道，她大伯哥和大伯嫂不是东西，常常欺负我姐，还打人，有时她公公婆婆也上手。我气父母，给姐姐找了个这样的婆家，这人家可是离我家近了，不到三年，姐姐就被折磨成精神病，没办法，人家不要她了，这才离得婚。等着吧，等将来我嫁给她小叔子，打他家里的人，闹他家里的人，帮姐姐打回来。

花朵看着花爱宁的细胳膊说，你能打得过人家吗？她说，打不过也打。

说到打人，花爱宁叹了口气说，你说我姐姐咋老挨打呢，在家里我爹也常常打她。本来不是我姐姐的错，我爹也打她。冬天下了霜雪，早上起来那么冷，就去搂柴草，活活冻煞，谁愿意去？花爱宁边说边缩起脖子，双臂抱在胸前，抖着身子，仿佛那冷冷在骨头里。我不去没事，我姐姐不去，让我爹知道，不含糊，拿起碾棍朝着我姐姐当腰就是一棍子，一下子就把她打倒在地上，我姐姐只掉泪不出声。花朵知道冬天搂柴草是啥滋味。

头天晚上切了地瓜，地瓜干胡乱地扬在地里，有些摞在一起的，第二天早上须去摆开，好晒干得快。上面落了霜雪，手一放上，那冰冷顺着指尖钻到心里，那活谁愿干？看我不摆，我姐姐就拿大地瓜蛋丢我，我爹看见，一脚踹得她像个滚地瓜，其实我姐姐也就是吓唬吓唬我，她丢的地瓜蛋一块儿也没落到我身上。

花朵很不理解，你爹咋这样啊？花朵说，嫌我姐姐老实，倔呗！

花爱宁还说她姐姐在嫁人前，曾赶上城里一家工厂的招工，她姐姐报名了，她爹知道后，对她姐姐说，你甭去当工人了，你结婚的时候，家里陪送你五色嫁妆，平常人家给闺女都是三色的，当工人也不一定能捞着。你说俺个傻姐姐，就让爹哄着没去当工人，说是五色嫁妆，我也不知道是啥，反正结婚的时候，就给了姐姐个木头箱。

花朵想起有一次她与花爱宁争抢捻捻膘，被她姐姐看见，她伸手从高处捏下来块，放在指尖上，说这捻捻膘有什么好玩的，我从来不玩，说着，把手上的捻捻膘甩在地上，像甩一坨鼻涕。花朵愣了下，花爱宁跑去拾起那块捻捻膘，说你不玩我们玩，捻捻膘在她手里一会儿圆一会儿扁，一会儿被拉长一会儿被团成块。她姐姐瞟了眼，什么也没说就走掉了。

渐渐地，花朵她们也不玩捻捻膘了。

渐渐地，花爱宁娘的病好了。

渐渐地，花朵和花爱宁越来越像刺猬，动不动就扎人一下。两人打人家枣吃，被人告到家里。遇到有同学打小报告，在放学路上，拦下人家吓唬道，再向老师打小报告，看敢不敢推了你井里去。一次花爱宁拿走了花朵的小手帕被花朵母亲发现后，严令花朵不许找花爱宁玩了，两人这还不消停，偷偷去看花爱宁的小外甥，被她姐姐的前婆婆知道后好一顿骂，两人不痛不痒。花爱宁更不听她爹的话，她爹说她爹的，她该干啥还干啥，气得她爹干瞪眼。

暖雪

农历十月一日后，该收的收了，该种的种了，下雨阴天没什么事，下午两三点钟了吧，花三百块钱买的手机在充电，李保存刚刚享受了他的午睡时间。管他呢，愿几点就几点吧，反正今天过阴天。每天午饭后睡一觉，是他多年的习惯。人啊，真是惯不得，现在一天不午睡，一下午没劲儿，迷迷糊糊，活儿也不想干。

李保存坐起来又躺下，像一条豆虫懒洋洋地蠕动了两下，找个舒服的姿势，两手交叉垫在脑后，两眼睁着却什么也没看见，心思还在刚才那梦里。当然做梦时他不知道是在做梦，只觉得是真的。他看见艾红，他最喜欢的一个女同学，留着西瓜皮发型，却在额头上方别了一个发卡，白色豆角形的发卡束着一绺头发，显得额头格外大，人也洋气好看。艾红和一群女同学在一起学习，同学们正准备高考考试。李保存从北边大教室出来去看高考考场，那教室很像蔬菜大棚，里面有一头木马正在旋转。他从这大棚式的教室西头转到东头，准备出门时看到父亲坐在一张办公桌前，眼睛发红，看样子是喝了点儿酒。办公桌前有张小圆桌，李田坐在小圆桌前喝酒。桌上有个小碟子，碟子里放着鸡蛋大的一块牛肉。看到他后李田站起来打招呼，父亲坐着没有动。他一出教室门就醒了。

躺在床上清醒了一会儿，睁开眼睛才发现屋外下小雨。雨水滴答滴答落在窗户下的花盆上，花盆失去了半边沿子，像个讨饭碗，父亲总说要把它扔了。花盆里的马齿苋花又活过来了吧。他点上支烟，斜靠在墙上。他在想这样的一个梦，到底是什么意思？蔬菜大棚又是什么意思？村里人几乎家家都“玩”大棚，不止他们村、周围村就是整个县的人都是靠种蔬菜大棚为生。梦到那个艾红是为了什么？许是最近红鸾星动？他对着自己说，你就做梦娶媳妇吧，就想好事。然后就笑，笑得一口水呛着，咳嗽着坐起来，抬手抹了把脸，看看沾满露水似的手心，嘿嘿嘿，他自己都不知道他是想笑呢还是想哭。爬起来想了想，脚都放进鞋里了，又躺下，朝着屋顶喷了口烟。屋顶棚上飞着的黑蝙蝠，那是奶奶剪的，说是图个吉利，顶棚四个角都有一只。哎，他叹了口气，闭上眼，也不知那福在哪里，抽时间找村里瞎眼孩算算去。瞎眼孩比他大几岁，小时候看书看多了，把眼累瞎了，后来就以抽签算卦为生，平时有事没事，李保存常去找他玩耍。

院子外面过路汽车弄出的动静好像父亲在煎咸鱼，滋拉滋拉扎人耳朵眼，却又散出馋人的香味，他的喉结拉上拉下。在一阵有节奏的车鸣声里，他翻了个身，自己这辈子要是能开上辆小汽车就好了。可以开着车像村里的人那样去“玩”大棚，去参加同学聚会，拉着老婆孩子去赶集。若是当年老婆没回娘家的话，儿子也长成大小伙子了。拉上父母也上大城市转转，当然开车的时候要把鞋换换，换上跟脚的。床前趴着一双“解放牌”球鞋，好些日子没刷，那股子臭虾酱的味道弄得满屋子都是。鞋跟让他踏平了，天天当拖鞋穿，趿拉趿拉，父亲就骂他，成天像没有脚后跟一样，趿拉着鞋，就不像个干活儿的。他很生气，对着父亲吼，我不像干活儿的？家里的活儿是谁干的？你干的？还是保和那个病秧子干的？他其实是不想对父亲说这些的，说这些他就委屈。种麦子、收麦子、种棒子、收棒子、种白菜还有韭菜和丝瓜，哪样活儿不是他干的，扛不住摊上个烂包家。弟弟保和从小就体弱，干不了活儿不说，三天两头生病，生病就花钱，又看医生又拿药，挣的钱不够给他买药的。母亲早就没有了，活着的时候也是傻乎乎的，连顿饭也不会做，还要时时看着她别跑丢了，父亲是好的，却又查出胃病来，胃里长瘤子，没钱治，就在家硬扛。

又一辆车从门口过去，他知道这是村里人开着小轿车去种大棚。他们村里大多数人家都种彩椒，那彩椒像一个个小灯笼。村里大喇叭常常喊，收彩椒的，收彩椒的人又来了。他们村里的菜不用出村卖，收菜货主就在家门口等着，那大汽车，啧啧，能装三吨菜。

他把烟头按在身后的墙上，左右转了转，留下又一个疤痕。与这些黑虫般的烟头痕对视，仿佛是一群孩子的眼睛在注视着他。他也曾经是一位老师，教过一群孩子。回想起来，那教学的日子真是快乐，每天孩子们见到他，都说老师好，老师好，老师好，喊得他如冬天里喝二两小酒，从里到外火辣辣。那年下大雨，把院墙都淋塌了，相邻人家的猪跑进校园，鸡也好奇地溜达进来，很快，就让下课后的学生惊得满院子找不到停脚的地方。他和学生们从家里拿来麦秸，拿来铁锨，把墙一块块砌好。上晚自习，拿一张报纸盖在脸上，仰头坐靠在讲台的椅子上。抓住几个在做小动作的学生，他们很奇怪，老师明明脸上盖着报纸在睡觉。有那么三两个特别聪明地发现了这个秘密，报纸上对着他眼睛的位置有两个洞。现在想起来他们发现这事时脸上的惊喜，他还乐呢！

他又快睡着了，这不冷不热的天气真是令人容易打瞌睡。睡吧，睡着就不会想起一件令他很后悔的事。对面墙上挂着一个相框，里面的照片歪七扭八，中间那张是他和一个女人的合影。他也是有老婆孩子的人，那年他在建筑工地干小工，那女的也在工地干活儿。那女人长得又黑瘦又矮小，经人介绍认识后，他自己觉得对她很好，顿顿给她吃大白馒头，鸡蛋也是任她吃，女人在他家吃住不到一年，就看着身上有肉了。他们结婚不久女人就怀孕了。日子过得好好的，没有任何征兆，老婆怀孕七个月的时候，说要回娘家看看。当时家族里的人让他陪着去，他犹豫了，总觉得对她这么好，什么事也是依她，她愿意做啥就做啥，何况还登了记。当然也是怕花钱，他算了算，两个人又是吃又是住，还有路费，这一折腾，忙活一两年挣不出来，于是他就没去。谁知道媳妇一去不回头，再也没有了音信。他不知道女人的娘家在哪里，留了电话却是个打不通的。想起这事他就后悔，就拿头碰墙，碰得“咚咚”地响。有人说，你媳妇肯定被娘家人扣住了。他听了心里难受，没办法，只好还是拿头碰墙，每次都碰得墙皮直往下掉。他自己心里清楚为啥没陪媳妇儿一块儿去。说出来的理由那是官方发言，说不出的才是自己的，他就怕媳妇娘家人打他，自个儿小身板儿，不到一米六的个子，百十来斤，能抗住人家打吗？打了身上可是揭不下来。

村里的喇叭正在喊，收彩椒，收彩椒，十块钱一斤。俺的个娘来，这彩椒真值钱，今年种这玩意儿的可不大发了。

又一辆车过来了，他憋住呼吸，支棱起耳朵听。父亲在北屋里，偶尔咳嗽一声。保和在西屋，听不到动静，很可能又在拨弄他那把算盘。家里的账由保和管着，保和很喜欢打算盘，可再打，打得再好听，也打不出花来，打不出钱来。噼噼啪啪，保和说他喜欢听这声音，听着心里说不出的舒服。哥，你听听，像不像捧着一捧钢镚摇啊摇？保和你傻了吧。你个缺心眼的才傻呢。然后，他就好几天不同保和说话。他很生气，很委屈，别人可以说他缺心眼，他不生气，他也拿人家没办法，你保和不能这样说，你可是我的亲弟。

有人推门进来，站在院子里问，有人吗？

父亲和保和没有动静。李保存不情愿地爬下床，趿拉着鞋，站在屋门口，对着院子的人说，李田，你这玩大棚的小能人，咋有空来？他们是小学同学，平时他还有些看不起李田，上学的时候，你李田还不如我学习好。好歹我李保存是高中毕业，你还没考上高中。就李田自己说，他是一气之下不上学的。都知道考师范的是学习好的学生，上两年师范就能工作挣钱，为什么偏偏到了他考的时候就变了呢？学习好的先考高中。三年高中四年大学，七年不挣钱还花钱，花的还不是小钱，去他娘的，不上了，就回家种了地。

李田说，你家院子真干净。

李保存说，还不如外面的墙上涂的呢！他家的外墙让人涂成土黄色，看着温暖着哩，他很高兴，省了一笔买涂料的钱。他家院子里没有树，没有草，没有鸡没有猪，连只小狗也没有。自己的闲事还管不过来，哪有闲心伺候这些老爷们？这是父亲的原话。保和想养只狗，李保存和父亲都不同意他养。只有窗台下那盆马齿苋花开得好，开得五颜六色的，就如那十块钱一个的彩椒，红的、黄的、绿的、紫的。这花不知是谁在什么时候种的，反正李保存没留心过，也没看到谁特意浇过水。这花皮实，靠天活，偶尔高兴了，兴许他会接上碗水浇浇。

李保存再次瞥了眼那盆花，说，有事？犹豫着是否往屋里让让李田。

屋里坐，屋里坐，这是村里的人都有的礼节。

现在村里人手里有钱，很多人家就翻盖房子，把院子都盖起来，建三层楼，一楼往外出租，出租给附近工厂的外地员工，二楼留置一个露天阳台种花种菜，三楼自己家里人住。他很不喜欢这样的建筑，不接地气，影响身体健康不说，你说那些腿疼腰疼的老年人，上下楼多费劲。弄个大门三四米宽，两人高，墙也高，邻里之间多“隔”得上。不过，假如他家有这样的房子的话，他会很自豪地让李田进屋坐坐。

他屋里没准备给外人坐的地方，就在院子里站着。雨细细落在脸上，感觉像小时候他和李田捉迷藏，藏在他家杂物屋里，沾了一头一脸的蜘蛛丝。他毫不在意地对着李田打了个哈欠，翘着小手指揩了眼角的眼屎和因为哈欠涌出的泪，接过李田递过来的烟，对着他手里的打火机点上，吸了一口，拿在手里看了看说，好烟，笑得这么神秘干吗？

李田说，你会玩大棚吗？

李保存说，你知道那盆花叫什么吗？

李田说，不就是个种菜吗？你会吗？

李保存说，那盆花叫太阳花。你不知道吧？

两人对视着，笑了。烟雾绕在一起，绕着他们的脸。

聊什么呢？聊的这么开心。从外面又进来一个人。

李保存望着走进来的村主任，心里直嘀咕，这是唱得哪出戏？

村主任摆手没接李田的烟，直接对李保存说，上面号召村里扶贫，你家是李田的帮扶对象，计划着让你家也玩个棚，脱脱贫。

说了半天是让他承包个蔬菜大棚，李保存听明白了，听明白了就不高兴，直接说不会，不玩儿。

父亲从中间北屋里出来说，在这里杵着做什么？保存，你还不请他们进屋里坐？这外面还下着雨呢！

村主任说，不用进屋了，淋淋雨，旺相。

父亲说，我在屋里听到你们说的了，这玩大棚的钱从哪里来？投入个大棚得几十万吧现在。父亲干瘪的就像一颗陈年去壳核桃。

李田说，我家的大棚建起来花了四十五万，还不算投入的肥料、苗子钱。

村主任说，让李田给你家担保，能担保五万。

李保存和父亲一起说，五万？五万块钱能干啥？连苗子也买不起。

村主任摸了把脸说，让李田给你们解释下，我还有事，先走一步。

送走村主任，他们三个站在家门口说事。

李田说，你们说花费很高的那是智能大棚，智能大棚与平时种的大棚不一样，拿着手机在家里坐着，一按放帘子，一按放风，一按浇水，都是自动的。

李保存说，这集上卖菜的，个个都用手机收钱。

李田吐了口烟说，你家可以先承包个别人不种的大棚，我也给打量好了，就是后街的冯孝忠两口子种的那个大棚，他俩年纪大了，一个儿子去外地上学，毕业后去了广州，现在他们大棚种不了，想转包出去，你看有空我和你一块儿去看看。

李保存憋着气说，不去，不玩儿。

李田说，你家再考虑考虑，把烟屁股弹在地上，走了。一绺小风，烟屁股滚到李保存的脚边，他抬脚踩下去。

李田前脚离开，后脚李保存父子俩就吵开了。

父亲骂道，你个倔种，你就倔吧。

他说，倔种也是随你，你不倔？出去买块豆腐，人家卖豆腐的说，他家的豆腐像石头一样硬，不知是谁扭头就回家了，还说我买的是豆腐，不是石头。

你好？你媳妇跑了，人家李田给介绍了个，多好的人，你张嘴就来，你三十六岁这么大了，咋还没对象？你说你缺不缺心眼？你这个样，谁还会给你说亲。

我就这个样，谁让你生了个这样的？有种你不要我。

李保存在父亲向他扔过一只鞋后，吼了句，我才不信李田有这好心来，你忘了几年前我们两家打官司了。

踢了院门一脚，又踢了空气两脚，踢了屋门三脚，然后像扔一根木头一样，把自己扔到床上。

多年前，李田家的大棚帘子还是用稻草做的，天天拉上去放下来，弄下来一些细绒毛，像狗换毛搞得到处是。北风一吹，全吹到李保存家的麦田里，他看着就闹心，就去找李田，说碍了他家的麦子生长。

李田说承包他家三十米的地，这样帘子毛就刮不到他家地里了，并说这地什么也不种，李保存家能打多少麦子他就给多少麦子，打多少玉米给多少玉米。

李保存说不行，这样不是浪费地吗？地他照常种着，粮食该怎么给怎么给。

李田不同意，说好事都让你占了？

他一气之下，用玉米秸架了帐子，挡那些稻草毛毛。

李田说是挡了他家大棚的阳光，影响菜生长。李保存就去乡里告了他，去了好几次。后来乡里派人处理这事，他李保存输了官司。

李保存嘴上说不玩大棚，可是原本压抑在心底的念头，却像那盆马齿苋一样，在雨后疯狂生长。

在李田又来家商量这事的时候，李保存说，你上次给我介绍的那个对象，再给我介绍介绍？

李田说，你们家决定玩大棚了？

李保存说，我觉得那女的是喜欢我的，要不，她那么大了不找对象。

那个女的住在学校附近，是家里的独生女，村里的人说，他们家是想招上门女婿的。他做民办老师时，每次路过她家门口，她会像学生们一样向他说老师好，然后脸红，然后两人分头走开。如果说这个时候，他还念着艾红，到了现在，艾红已是一个遥远的梦，真的很远，她不停地上学，一直上到了地球另一边。

李田说，钱我可以作保，说媳妇的事我不作保。

李保存说，人家上次不是没直接拒绝吗？

李田说，小珍是喜欢你，也佩服你是个文化人，可你家这个样子，她不满意。

李保存说，我同意玩大棚。

父亲说，这大棚我家种了。

保和的屋里传出一阵似小鞭炮的算盘珠子声。

李保存跟着李田去了后街冯孝忠家，很快谈妥了承包大棚的事，钱由李田作保，去银行办妥贷款，李田又给介绍了卖苗子的，帮着种上，就等着管理好，彩椒卖了收钱。

过了几天菜不见长，小叶子也没有动静，哪怕长一韭菜叶也行。李田来看了看说，棚里的温度和湿度都不行。

李保存很惊讶，种菜还管湿度和温度？李田说这温度和湿度很重要，棚里不是给挂着温度计和湿度计吗？你没看看？

你没说，我没看。

过了几天，李田又来了，说是这菜有了菌，需要打药，没办法，按他说的做吧。李保存骑着自行车跑出去二十多里，按李田给的药袋子和说明书买回来打上。

李田又说咱村里就有卖这药的，干吗跑那么远买？

这不是差着三毛钱吗？见李田摇头，他说能省一分是一分。

他又说打药打的不行，药没打在菜棵上，都打在地上了。

李保存说我傻呀，拿药往地上喷？李田说你不傻，就是一根筋。

村里人都知道一句歇后语，保存走得亲戚——从头再来。有一年下了大雪，保存和保和过年去姥姥家，走着走着，迷了路，满眼白茫茫，分不清东分不清西，连个人影也没有，只有来的时候踩的脚印。弟兄俩冻得像两只夹尾巴狗，只好沿着脚印回去。这件事被村里人编成了歇后语。

李保存对李田说，你再说我就恼了。李田赶紧说，不说这些了，你拿什么打的药？

李保存把喷雾器找出来。

李田说这不是以前打棉花用的大喷雾器吗？用这个不行，要用小的，专门打菜的。

李保存不高兴了，你咋不早说？

李田说，这怪我。回家拿了他家的小喷雾器，帮着兑好药，打完，说这小喷雾器送给你了。李保存这才觉得心里舒服了些，却觉得这李田凭啥无缘无故地帮他，很怀疑他这样做的目的，在村里赚个乐于助人的好名声？看李田拿着手机，开着车玩了两个大棚，也是眼馋人，什么时候老子也像他就好了。

李田这样帮助他家，李保存也要有好心，琢磨着给李田提个好意见。

李田来帮着把棵子弄成两边倒的样子，说这是他多年的经验，一般人不告诉，就是把彩椒枝蔓用绳子吊起来，吊的时候朝一个方向弯，一垅两行的彩椒从高处看，就像一个向北旋的椭圆。这样彩椒棵吸收阳光更均匀，结的果更多。李田还给他一本他自己写的《彩椒栽培管理要点》，让他看看照着做，让弟弟保和也学，说让保和监督着他干活儿，会干得更好，彩椒长得更好。李保存心想，这李田，咋就这么不相信人哩！真当我是缺心眼啊。

李保存忙着给他家彩椒掐头摸杈，李田在旁边指导着，两人一边闲拉呱儿，李保存说，李田我也给你提个意见，你别不愿意。

李田说，你提吧，我不会不愿意。

那我说了，不客气地说，你是很能，就是不会教育孩子。

李田说，咋不会教育孩子了？

你看你天天忙，你家孩子从不来大棚帮忙干活儿。

他们帮什么忙？帮倒忙，他们不会干。

所以你不会教育孩子。

李田把握在手里的彩椒蔓头扔在地上，我的个娘，我这个有孩子的还被你这个没孩子的教育了。

不服不行，以前上学的时候，我可是比你学习好。

李田挖苦他，当年让你去咱村小学当民办老师，你做的熊事，头一天晚上浇地，第二天就不起来了，好几十个孩子干等着。

李保存嘿嘿笑着说，人累了就得歇，把身体累出毛病，那就不值了。有一次浇玉米，他看水，听着父亲喊，水到哪里了？没听到他应声，过来找，才知道他扶着锨站在地里睡着了。

让人家辞退了就值了？玩大棚种彩椒就像给孩子们上课，三天打鱼两天晒网可不行，就得天天长在大棚里。看到李田的丰田汽车，李保存站在驾驶座边，前胸趴在椅背上，两只胳膊环抱着椅背，伸手贴在上面，来回抚摸，双腿站在地上，脸颊亲着椅背上的皮子说，是好车，舒服。车钥匙在李田的右手食指上旋转，李田说，你大棚玩好了，不出三年，你也会买上车。

这年冬天，李保存家的彩椒结出第一个时，村里喇叭喊着，收彩椒，收彩椒，十块钱一斤。

这个时候，一个男人一个女人，从前面如丛林一样的大棚间走出来。李保存蹲在大棚上面，清扫积雪。村里好多人家晚上没有睡好觉。李保存远远地盯着女人看，一头玉米须一样的头发在雪天雪地里飞扬，显得她个头更加矮小。穿着铁灰的羽绒服，跟在李田的后面，向他的大棚走来。她说，你一早出来扫雪，出了汗，别感冒了。他的头上冒着热气，听了这话，大冬天里，觉得有上百只蜜蜂围着他团团转。多少年了，很少有人这样关心他，这个叫小珍的女人让他更喜欢了。

李田说，你家有推耙吗？一块儿扫雪吧。

阿昌的画

阿昌抬了抬身子，冷风咬住他的肩膀，他打了一个激灵，立马缩进被窝，眼珠儿盯着玻璃窗上的冰花，那是一幅风景画，草地、森林、小鸟、猴子，草地上有一座小房子，森林里有大灰狼，小鸟在树洞里暖和，猴妈妈带着小猴子正向小房子走去，烟从小房子的烟囱里钻出来。阿昌边看边想，不知这冰花画在纸上是什么样子，他拿手指在肚皮上画冰花。奶奶又在催了，起来吧，棉袄在炉子上烘好了，鞋也给你烘热乎了，起来洗脸吃饭，那阿姨很快就来了，别让人笑话了去，这懒的。

阿昌听到爷爷把炉子通得大喘气，“呼呼呼”地烧着，屋里很快暖和起来，瓜子摆上、花生摆上、糖果摆上、杯子摆上，像过年一样。

昨天下午他去大棚里摘的小西红柿也洗净了，放在桌上。

找个蛇皮袋子，奶奶喊着阿昌，撑着袋子口。奶奶放进了一捆葱，葱在南墙根堆积着，奶奶扒了出来，择了干叶子，葱上还带着雪；奶奶去东屋挑了两棵白菜，一棵高帮，像个秀气的女人，另一棵是圆白菜，绿菜帮都剥了，像一个白胖子；放进去的小西红柿，如大个的樱桃，是他家种的西红柿里最好吃的；大吊瓜，弯着腰，上面挂着一层“白霜”，也被塞进了袋子。奶奶又去邻居家要了几个五彩辣椒，这些都是准备给那个阿姨的。

阿昌出了院子，奶奶在后面喊道，别走远了。

来到巷口，阿昌面朝着通往村外的路，把一个小鞭炮放在地上，用香点着引线，啪，比火柴粗不了多少的鞭炮，发出的声音不小，他手里拿了一串，一个一个拆下来放，响声让他快乐起来。他躲避着鞭炮炸起的碎屑，抬着胳膊侧着身子，目光扫在那路上，留意着路上的动静。

他看到前邻居一家坐着一辆电动三轮车，孩子们穿着新衣服，“突突突”地出村了。

一辆面包车停在西邻居家门口，从上面下来一家人，拎着大包小包，这是来走亲戚的。那家很快传出热闹的动静，大人的，孩子的，女人的，男人的，大声问着过年好，邻居家的大白鹅“嘎嘎嘎”地叫着，如同跟着他，看他放鞭炮的小宁。

这热闹是真热闹，阿昌看着小宁，小宁看着阿昌，静默了会儿，小宁仰起笑脸说，放鞭炮，放鞭炮。

阿昌于是接着放鞭炮，他把鞭炮埋在雪里，把雪炸得到处是。雪下得不大，路上早就化没了，只有背阴的地方还有那么丁点。捂着耳朵的小宁说，快看，过来了一辆小汽车，好像去你家的。

阿昌看见一辆红色汽车停在门口，从车里下来一个年轻女人，短头发，穿着宝蓝色呢子大衣，从后备厢拎了些东西，有个小男孩从里面出来，一双圆溜溜的泥蛋子眼，那男孩叫小浩，比他小五个月。

奶奶听到汽车声，早已从家里迎出来，喊阿昌回家。

那汽车阿昌坐过。

天气还没这么冷，石榴树上还挂着最后两个石榴，那个阿姨来了，一同来的还有另外两个叔叔。他们说让他和那个阿姨结爱心对子。爱心对子？爱心咋结对子？像门上贴的对联就是对子。阿昌对结对子不懂，对爱心懂，就是做好事。一个叔叔拿了一张纸，让爷爷和那阿姨都签了字，这就结成对子了，他就可以放心地跟阿姨去城里了。他进过城，跟着爷爷去过不止一次，可没进过城里人的家，听同学说，城里的人住大房子，坐小汽车，茅房里种着花，地比他们的床干净，墙上的钟表有俩吓人的大眼珠子。阿昌就是去看看种着花的茅房，俩吓人的大眼珠子到底有多吓人，还没等爷爷奶奶催，他就爬上车，跟着那个阿姨走了。

阿姨家的叔叔就是小浩的爸爸，开着那辆汽车，拉着他和他们一家去超市，车里的香水味熏得他头晕，他硬憋着没吐出来。他觉得这小汽车好看是好看，不如奶奶的电动三轮车坐着舒服。

超市真大，东西真多，人真乱，一不小心，不是碰着人就是搡到东西，阿昌感觉到自己如一只大虫子，被掩埋在东西和人堆里，呼吸都有些困难。到了卖衣服的地方，衣服多得看都看不过来，一排排，一堆堆，阿昌松开棉袄脖领扣，深吸了几口气。那阿姨这时说话了，说这次不给他买衣服了，说他身上穿得都很新，说像他这个年龄长得快，衣服很快就穿不上，很浪费，说给他买玩具，要买二百元以下的，说她家也不是很有钱的人家，就是靠工资吃饭，再贵的承担不起。

阿姨说话有些结巴，他不想看阿姨的脸，他面对着货架上的各式玩具，心想，那些飞机、汽车类的玩具有什么好玩的，真不稀罕，他的眼睛在玩具架上转了一圈，说不要了。小浩看上了一把玩具枪，阿昌也看到了，那枪有一尺长，做得精致，闪着草绿色，它就那样支在货架上，像一个枪王，那阿姨说，家里有那么多玩具枪了，不买。

小浩爸爸说那就去看看有什么书吧。走到书架前，那么多书，阿昌一下子看到《哈利·波特》，快速走过去，拿起书翻看，那阿姨笑着问，喜欢这本书吗？阿昌说，喜欢，他的同学有好多都有这书。叔叔说，那就多买几本吧。小浩说，我也要。这次阿姨给他们俩一人买了三本，又买了菜和鱼肉才回家。阿姨做饭，叔叔看电视，让他和小浩画画。阿姨让小浩拿出画笔，一盒，四十八色，上面还有图案，在纸上画一笔，粗粗的线条，阿昌很喜欢。小浩很好，把笔往阿昌那儿推了推，给了他一张纸，把茶几上的东西往两边挪了挪，两人趴在上面画画，画得起劲。

阿昌第一次用这么多颜色的画笔，两眼放光。他想着家里的冰花，拿白色的笔在纸上画了两下，他画不出冰花的美丽，在裤子上擦了擦手。他看着小浩画了个奥特曼，已开始涂色。阿昌伸手拿起笔，他要画一座漂亮的城堡，城堡里住着爸爸、妈妈、爷爷、奶奶和他，院子里种着大树，一棵是石榴树，像他家现在院里的那棵那么粗大，既可以看花又能吃果，最稀罕人的是那石榴，大如碗，是他家院子里的石榴树结的，剥开，籽粒粒晶莹透亮，放嘴里，牙齿一碰，酸酸甜甜的，汁水就爆，满了口腔，然后就剩下一个像大米样的小籽，把它吐出来，再重新放一颗。有时一上午，一直到吃午饭，他都在剥石榴籽，吃石榴籽，甚至一把把往嘴里放，感受那汁水充足，酸甜可口的味道。等石榴熟了的时候，他和奶奶给阿姨送，让她也尝尝他家的石榴。再画一棵梧桐树，梧桐树开紫色花，好看，闻着也香，喜鹊喜欢在树上筑巢。院子里有荷花池，金鱼鼓着眼摇着纱一样的尾巴，游来游去，各种颜色的花儿，像牵牛花开在蔷薇花扎的篱笆墙上，还有只小花狗在摇着尾巴撒娇，小花猫在打瞌睡，太阳公公笑哈哈地刚起床，天空中飘着几朵白云，像大团棉花糖，爸爸妈妈一人牵着他一只手，送他去上学。

阿昌拿了一支绿笔，刚涂了两片绿树叶，小浩说，我要用绿笔，他松开手，又拿红笔，太阳公公画了一大半，他的头发也是红色的。小浩说你要把红色用完了，画太阳还用那么多颜色干什么。阿昌缩回了手，想了想，不管什么颜色，只要小浩不用的，他拿来用总可以吧，阿昌想拿黑笔画黑色的鱼，他的手还没摸到笔，小浩把彩笔盒收起来了。那个阿姨走过来，说小浩乖，和阿昌一块儿玩儿。小浩嘟着嘴说，他用坏了咋办？阿姨说，我保证他用不坏，怎么会用坏呢？小浩把彩笔重新放下，放在两人中间，阿昌一句话也没说，继续画他的画。

阿姨转头看到阿昌的画，直夸他画得好，要拿了贴在她家的墙上，墙上还有小浩画的画，还对小浩说，你看阿昌画得多好，你要向人家阿昌学学。小浩忽然冲到画前，一把把阿昌的画抓在手里，“刺啦——”，声音落在阿昌耳里，十分动听，如同奶奶给他煎鸡蛋，他最喜欢吃奶奶煎的鸡蛋。一下、两下、三下，那张画纸撕裂开，那画上的树歪了，鸟儿飞了，父母和孩子分开了，小狗、小猫拦腰斩了。

阿姨打了小浩的屁股，他哭了，我就是不喜欢他的画，呜呜，他那么好，你让他当你儿子好了。阿昌看到小浩如过年放的鞭炮，怒气一个劲儿地往上蹿，哭喊着，两手抓着画纸，抡起来扑打他的妈妈。

他的妈妈身子向后仰，脸胡乱地扭来扭去，手胡乱地抓来抓去，大声呵斥，好了，别再疯了。“啪啪”两巴掌，他妈妈一手拽着小浩的胳膊，一手打他的屁股。小浩哭得更大声，你是坏妈妈，你是坏妈妈。

阿昌坐在那儿，静静地看着母子俩上演全武战，阿昌什么也没说，脸上火辣辣的，好像小浩妈妈的巴掌不是落在小浩屁股上，而是落在他的脸上。对着那盒彩笔，哪还有画画的兴致？只恨自己干吗动别人的东西。他想离开这里，身子却黏在那里动不了。这时小浩爸爸过来把小浩劝走了，说是出去买好吃的。屋子里静下来，阿姨说，阿昌是好孩子，小浩被我们惯坏了。阿姨拿扫帚把地上的纸屑扫走了，阿昌仍是什么也没说，抬起脚，发现鞋上黏着一小纸片，拾起来看，上面画着一个猫头，他把猫头放在右肩上，就像扛着他家的猫。

阿昌在那个阿姨家住了一个下午，一个晚上，又一个上午。玩游戏，他不会，侧着身子坐在小浩的身边，看他玩儿，有人拿着枪，在街道上转来转去，一会儿让人打死了，哪有他们的“开火”好玩。放学路上，边走边拾小砖头、小瓦碴、小坷垃，隔着一个门楼或隔着一块儿空地，两边人马打起来，小砖头、小瓦碴、小坷垃像子弹一样“嗖嗖嗖”地飞，打出火来，就抱成堆，互相摔，夹着对方的头，胳膊用力，摔那小子个大马趴，不服，起来，再摔。想想，阿昌就觉气血上涌。再看小浩玩的游戏，没劲，他还拿着当宝贝，不和他一起玩儿，他还不稀罕呢。

看电视吧，一直看也觉得没意思。又不让放鞭炮，又没人同他玩儿，真是无趣。

一群麻雀在空中上下穿行，叽叽喳喳不停地说话，有几只停在窗台上，隔着窗玻璃，阿昌与它们互相打量。有一只站在窗沿上，歪着头，一双小眼睛警惕地看着他，一动不动，其他几只毫不在意他的观看，抖身子、顺羽毛、聊天，阿昌安静地坐在凳子上，连呼吸都小心些，生怕惊吓了仿佛伸手就能触碰到的麻雀，它们一会儿向左歪歪小脑袋，一会儿向右歪歪小脑袋，好奇地看着他，阿昌的嘴角向上翘，快乐地想着邻居小宁，不知她爸妈回家过年吗？小宁和她奶奶可是盼着呢，阿昌也盼着，盼着他们送给他的礼物。

好不容易到睡觉的时候，阿姨说睡觉前要洗脚，要不洗洗澡吧。他说他临来前刚洗了，爷爷领着他去镇上的澡堂里洗的，每人花了十元钱。那就只洗脚，阿姨说着去洗手间放上热水，拿了几块毛巾出来，从中挑了块棕色的，递给他。

阿姨家铺着木地板，用的是地暖，屋里暖得很，大冬天里，屋里的人穿着单衣。

阿昌低头解开右脚的鞋带，脚从里面退出一半，脚后跟踩在鞋后帮上，散出一股味，让他脸红了。他是汗脚，穿着运动鞋，加上屋子里热，好像踩在热炕上。那个阿姨喊小浩，给他拿双拖鞋，让阿昌去洗手间换上。

小浩捏着鼻子拎着鞋，站在洗手间门口，扔给他，关上门，他听到小浩说，妈，你还说我脚臭不？那阿姨说，嘘，小声点，别让阿昌听见，他会不好意思的。

阿昌听得头上、身上冒汗。

阿昌把脚放进洗脚盆里。

洗手间很干净，他家里的茅房没法比。四面墙都贴着瓷砖，瓷砖上的图案很美丽，有五彩的水果，有椰子树，有云和月亮，有细腰女人跳舞。马桶上放着毛茸茸的垫子，他用毛巾擦干脚，穿上拖鞋，就坐上去，屁股很舒服。不像家里的茅房，大冬天的，蹲在那儿拉泡屎冻得屁股疼；大热天的，蚊子围着跑飞机，几分钟时间，屁股上被咬好几个大包。憋了半小时，就撒了泡尿，这屎拉不出来，他只好提上裤子，继续憋着。阿昌感觉这坐着和蹲着不一样，他习惯蹲着，这突然换坐着，很不习惯，家里的茅房一边靠墙，一边靠猪圈，借着墙角，用半头砖砌的，蹲下看不见人。

他前脚从洗手间出来，阿姨后脚跟进去，又拖又擦，什么地方发出“轰隆隆”的响声。擦了脚的毛巾，他注意到阿姨团了团扔在垃圾筐里了。

最让他受不了的是，小浩一会儿喊，妈妈我要喝水，一会儿喊，爸爸我要四驱车，一会儿腻歪在妈妈身上，一会儿去挠他爸爸一下，阿昌觉得小浩那是在显摆，那声音那动作像带着刺，刺眼刺心，刺的他眼痛心痛，就你有妈有爸，谁没有？偏偏他就没有。

阿昌想到这些，就不愿再去那阿姨家了。

他听到奶奶说，这孩子就是不听话，人家阿姨多好，又给送好吃的，又好心来领他去见见世面。阿昌不用听就知道，奶奶肯定又向那个阿姨说，他父母在他三岁的那年，出车祸一起去了，留下可怜的阿昌跟着他们两个老人过，幸亏好心人多，帮着捐钱捐物。每次来人，奶奶都拉着人家说这些，阿昌慢慢地变得不想听，就不让再说，奶奶就训他不懂事，不知那锅是铁打的。

拆着手里的鞭炮，阿昌站在院子里，没有进屋。

他在看墙上贴的奖状，不是一张两张，是好多张，奖状把冲门口的北墙占了一半，爷爷奶奶把它们贴在最显眼的地方，那是爷爷奶奶的骄傲。他知道小浩家没有奖状，一张也没有，那个阿姨会说小浩你要向阿昌学习，你看看人家这学习成绩，小浩又要发火，他那么好，让他当你儿子好了。阿昌不希望因为他，母子俩闹不痛快。

直到那阿姨和小浩和他们的汽车走了，阿昌也没进屋，也没说一句话。

那阿姨问他，带着请求的语气，“去我家玩吧”，他也没说话。

奶奶说熊孩子什么脾气，人家阿姨多好心啊，想让你去她家玩去哩。他也没说话，低头摆弄他的鞭炮。

他点了一挂鞭炮，放在地上，噼里啪啦，他捂住耳朵，侧着身子，歪着头，从胳膊底下看鞭炮，有趣，好玩儿。

小宁说，你咋不去啊？要是我的话，我早就去了。

阿昌说，行，你去吧，那阿姨很好，她家很好，有大彩电，半边墙大，有电脑打游戏，有洗屁股的马桶，她家被子又轻又暖和，她家里有钢琴。他在她家的时候，钢琴用一块红色的绒布盖着，没有打开。他家里有那么多好吃的，鱼、虾、螃蟹、香肠、火腿，桌子上的水果你都不认识，还有好多种干果，圆的、长的、苦的、甜的，都好吃，你都不知吃什么好，都吃不过来。你知道我为什么回家吗？吃撑了，肚子胀，难受，就想拉泡屎，平时在家里吃撑了，拉泡屎就好了，可在他家屋里拉屎，隔着一扇门，外面都有人，拉不出来，只好就憋着，回家解决。还有想看看他家的马桶为什么一按“隆隆”响，三按两按，没声了，赶紧溜吧。

小宁张大嘴，呵呵地笑。

阿昌问，你爸妈没回来？

小宁还笑，没呢！

噢！阿昌说，待会儿去我家吧，我奶奶准备了好多好吃的。

小宁学阿昌，噢，嘴巴舌头都向里缩去。

阿昌继续放鞭炮，这次不是放一个，是放了一挂，他把一挂鞭炮拆了，把几个鞭炮引线捻在一起，放在那层薄雪上，拿香火点着，“噼里啪啦噼啪”，没有多么响亮，却有一种力量，爆发出来，在空中滞留了一会儿后，才慢慢在巷口散去。

有一件事，阿昌对谁也没说，对谁也不会说。他刚到阿姨家那会儿，看到她家的钱到处是，沙发上、茶几上、电视上，他睡觉的床上，台灯座下面，不是钢镚就是一元的纸币，洗个手，会发现洗手台边上放着几个钢镚，阿昌捡起来放在茶几上。

第二天早上醒来，他听到小浩的房间里传出说话声。

小浩，你是不是动我的皮夹子了？

没有。小浩的声音很大。

没有？没有咋会少了二百块钱。

我咋知道？

你妈没拿，你没拿，那就怪了，钱会长腿跑了？

阿昌听见阿姨说，小声点，别让那孩子听见，以为我们怀疑他。那零钱放的到处是，咋回事这是？平时你不这样的。

试那孩子的。

你这人咋这样啊？

阿昌不想再听了，他拉开门，来到走廊，头放在扶手上，看楼道窗子上的冰花。冰花原本就少，开始化开来，水顺着往下淌，就像一个娃娃哭花了脸。

阿昌咬着嘴唇，站在巷口，面朝着那条通往村外的路，南邻居那家人坐着电动三轮车，“突突突”回来了，一家人吵闹着进了家门。他听见自己说阿姨再见，鼻子哝哝着，好像感冒的样子。如果他的妈妈还在的话，他希望她像那个阿姨，一进屋，就看到妈妈等在那里，他会喊着妈妈扑到她的怀里。

阿昌把冒着火星的香摁到雪里，没放完的鞭炮给了小宁，转身走回家。屋子里，奶奶正把瓜子糖果归拢在一起，爷爷又在捣鼓炉子，盖上炉盖，插上风口，猫从床上跑下来，用身子蹭他的腿，他去书包里找出铅笔，拿出作业本，翻到空白面，他要把小浩撕了的那张画再画出来。

天黑了，阿昌的画还没画完。

似乎一切如常

地里麦苗绿得像打了蜡上了油，有一尺多高，还没抽穗。

一群羊在啃麦苗。羊有绵羊、山羊，有白羊、黑羊，有大羊、小羊，小的羊刚刚会走，一跑一个跟头。大的羊像小牛犊子，尤其那只头羊，两只角弯弯着，弯着就弯着吧，还把弯儿扭个转，这羊角长得，真不可思议，这不是平白地给了人捉得方便吗？刘红艳一手抓着大羊角，一手从羊嘴里拽麦苗，这么好的麦苗，全让你们糟蹋了，看我怎么收拾你们。她抡起胳膊张开五指，却轻轻地捂在这羊的眼上，羊的眼贴着皮肤，在她手心里转动，另一只眼看着她，全是信任，舍不得打哩！这羊是两万多元买的，还盼着它发家呢，它可以让母羊产下一只又一只的羊羔。别看眼前羊不多，有了这羊，刘红艳毫不怀疑她家很快就会有一群羊。于是她又把手里的麦苗送到羊嘴边，看着羊慢慢咀嚼，看着羊的眼睛看着她。她讨好地对羊说，吃吧吃吧，这麦苗可不就是让你们吃的吗？不让你们吃又怎样呢？主人已把这块地出租给她家，连同这地上长着的麦苗。她弯腰抓挠了两把麦苗，向羊们扬去，麦苗落下来，两只小羊羔跑过来，“咩咩咩”叫着去吃。一只小黑狗冲过来，冲着小羊叫，女人训斥着，小黑，别叫了，看吓着羊了。小黑狗冲女主人摇了摇尾巴，走到小屋门口趴下，看羊。

刘红艳准备做饭。三块砖支着个小铁锅，她把洗好的菠菜放进去炒。这里没有电，液化气用完了，男人一早去买液化气，看样子中午回不来。

这地不是他们家的地，也不是他们村的地，他们村的地被征了去建厂子。

他们村很多男人去城里建楼房，他们村很多女人去城里做保姆。当然，他们村里人离住上楼房也不远了，以平房换楼房，任谁也觉得不亏。

他们两口子也不是离不开，老人身体还算健康，小孩子吃住在学校，一个月回家一趟，他们是真不想离开这地儿，蔬菜大棚里丝瓜还开着花，山药架还没整理好，小麦刚浇了水……一想到去外地讨生活，那感觉就如下蛋找不到窝的鸡，人看着难受，自己也难受。他们想着就在附近租块地种，打听来打听去，没有租到合适的地，倒是听人说养羊好，羊不容易生病，羊肉还贵，现在吃羊肉的人也多。没地种了，那就凑合着养羊试试。刘红艳的父亲也支持他们养羊。他们就租了邻村刘红艳娘家的地，盖了间屋子，周围用铁丝网围起来，养羊。

现在他们家里的钱几乎都变成了羊。

刘红艳的男人张全忠回来的时候，天下着小雨，羊躲在圈里，周围一片绿，隐在雾蒙蒙的雨中，这雨让刘红艳的心里很舒坦。这天太干旱，一春天没落个雨点，别的不说，就说荠菜，几乎一冒芽就开花，不几天就老得没法吃，生生让这旱逼的。下雨好，下了雨，地才会有生机，才长出吃物。虽然现在不缺吃，畜生都比他们小时候吃得好，家里的小黑狗，馒头都不吃，要拌上菜汤才吃。

张全忠说，兴旺又去和村里商量拆迁补偿的事了。

刘红艳说，管用吗？

张全忠看着刘红艳，让她拿主意，要不咱也去问问？

刘红艳转过身子，出了屋，拿起放在墙角的铁锨，冲着羊圈走去，她要去处理羊的粪便。她说，要去早去了，还等到现在？

两年前，村里刚拆迁的时候，崔兴旺就约张全忠一起去问过补偿的事。张全忠家是为了蔬菜大棚，崔兴旺家是为了房子。张全忠看着没戏，也就不去了，只剩崔兴旺一个人去，一直去，一有空闲时间就去。

刘红艳说，他家搬进新房还不满一年吧，那房子盖得多好啊，前后出厦，还盖了南屋和西屋，估摸着这辈子攒的钱，都用在了这房子上，补偿和村里人一样，可不是亏煞了。你看西邻，他家的屋就四面墙挑个顶，那也算是个屋？张全忠说，人家常年在外地不回来，就为了占个宅基地。

张全忠又说，不说这些了，说些高兴的。记得刚拆迁的时候，整个村子墙倒屋塌，好像刚刚闹过地震，一片一片的瓦砾，就咱家的那面影壁墙结实，还立着，特显眼，墙上的红福字少了个角，一只鸳鸯少了尾巴。还有一面屋的山墙立着，那屋大概有一百年了，我小时候常去玩儿，那家里住着一个老嬷嬷，她家的孩子有去了台湾的，有去了美国的，五间大北屋就她一个人住，她死了后，这屋就没再住人。

刘红艳说，估摸着现在垃圾车把这些都运走了。唉！她叹了口气，催着张全忠赶紧给羊弄吃的去吧。

张全忠说，兴旺家的钱盖了新屋，咱家的钱都用在那蔬菜大棚上，沙发都抬了棚里去，锅碗瓢盆也搬了去，就在棚里开火，说拆不是也拆了。再说，他家房子还能换楼房，咱家大棚却是没地换。

刘红艳说，你是觉得赚便宜了还是吃亏了？不是一样都没地种了。

他们的小屋后有条通村路，两旁种着白杨树，碗口粗，树干上的疤痕怎么看怎么像一只人眼，树上的叶子总是不停地“哗哗哗”响。他们家的石榴树结的石榴，大得两只手都捧不过来，石榴籽放进嘴里，甜汁碰腮帮。拆迁的时候，表妹挪了去，可惜没有活。据刘红艳的婆婆说，这石榴树有些年头了，最初是她从娘家带过来的，刘红艳家的石榴树是那树的分枝，挖来的时候也就有人的小拇指粗，挖走的时候比人的胳膊都粗了，幸亏村里人有喜欢的，挖了这树的子孙，大约不至于断了种吧。

张全忠说，兴许以后都吃不到那么好吃的石榴了。

张全忠拖了铡刀，到玉米秸堆旁边，准备铡草。

刘红艳放下铁锨，看着自己的手，问，兴旺现在干啥？

张全忠说，他还能干啥？你说他还能干啥？同村里几个人一起进城干建筑了。

张全忠的声音里带了烦躁的火气，却听刘红艳“咦”了一声，说她手指关节上的茧子快没了，手心的茧子倒是多了。他们常年种菜，摘菜，装运，茧子不长在手心，反而长在手指外面的关节上。张全忠也伸开手指看，兴许以后咱们不会种地了，兴许以后没人愿意种地了，你看咱村的年轻人，哪个还愿意种地？

刘红艳抱了捆玉米秸放在铡刀底下，笑了，兴许？兴许个啥？快铡草吧。

他家的羊养得很好，以为会一直很好下去。他们吃住都与羊一起，守着它们，像他们种地的时候一样，甚至更上心。大羊生了小羊，看小羊冻得哆嗦，刘红艳就把小羊抱在怀里，像抱他们小时候的闺女一样。

可是夏天到了，这羊开始不好了。

夜里，刘红艳睡得正香，是张全忠的声音惊醒了她，她一下子坐起来，心跳得喘不过气。张全忠还在喊，快来，快来，咱家的羊这是怎么了？啊，俺的娘，倒在地上起不来了。刘红艳胡乱地套了衣服往外跑，一脚踢到尿盆，溅了一鞋尿。

起来，起来，给我起来啊！

张全忠踢一脚，又踢一脚，两脚轮换着踢。羊“咩咩咩”地叫着，跪着挪移，屁股后面落些粪蛋蛋，眼角的泪流下来，满嘴的涎水，刘红艳看得心都揪起来，地上已躺了四五只这样的羊。

刘红艳不明白，这好好的羊，咋说病就病了？天擦黑的时候还活蹦乱跳的，这夜里就不行了。

张全忠把老丈人和村里的老羊倌叫来了。

老羊倌说，他放了一辈子羊，从没见过羊生这种病。摸摸羊肚子，翻翻羊眼皮，连连摇头，没法治没法治了。

张全忠又把县里的兽医请来，兽医看看说，羊生了这病没治，这是布病。

刘红艳一脸懵懂，布病？还绳病哩？你就说是咋办吧。兽医说，甭二话，得了病的羊要挖坑深埋，这病可是会传染人的，可不是吓唬你们啊。兽医还说，你看你家的羊圈，羊不生病才怪来。这几天是下了些雨，也不会这么多积水吧，你看羊身上污得，都看不出毛色了。

兽医翘着脚后跟出了羊圈说，死了的羊赶快埋了，我回去拿针药去。接着开车走了。

刘红艳抬起头望了望天，吐了口气。

张全忠却把脸转向了老丈人。

刘红艳的爹捋一下脸，又捋一下脸。

张全忠看着他，硬是不眨眼皮。

他老丈人说，这块地是以前的老河道，一下雨就积水，这事我跟你们提过。顿了一下，接着说，没说吗？我记得好像说了。谁想到今年的雨水这么大。都怪我，你说我为什么让你们养羊啊，没有地种，干啥不行？偏偏让你们养羊。

刘红艳看着父亲小心又讨好的脸色，又瞥了眼张全忠，张全忠的眼睛直瞪着，待着不动，她责骂的话到了嘴角又咽了下去，如一口浓痰堵在喉口，不上不下，说不出的难受。怪不得租地的时候那么容易，价格还便宜，原来这地曾经是一条河，她记得小时候她跟小伙伴们还在这河里捉过鱼虾，摸过泥鳅，不知什么时候，这河连影子都没有了。听着父亲不停地说，你娘说，这就是命，这羊根本不生病，老羊馆放了三十多年羊，就没见他家羊生过病……你说说，这么多年没遇上的事，偏偏让你家赶上，这不是命这是啥，认命吧……

嗡嗡嗡……刘红艳不知父亲还在说什么，只觉得如屋后的呱嗒手杨树叶子般，不停歇地响，让她连厌烦的心绪都起不了。

她抱着羊，那只角弯弯扭成把手的羊，眼睛半睁半闭，有气无力地叫两声，“咩”，这是向他们求救，可他们救不了它，也救不了别的羊。他们家把所有的钱都拿来买了羊，还有父母用来养老的钱，也拿给他们买了羊。

刘红艳不由得落了泪，哭了。

张全忠贴着她的耳朵说，这事也怨你爹，是你爹忽悠着咱养羊，可赔得没鼻子带脸了。

刘红艳听着这从牙缝里挤出来的话，只是哭。

张全忠又说，还是老人们说得对，家有万贯带毛的不算，以后再不养着这张口子货。

刘红艳一顿，继续哭。

张全忠说，咱这比兴旺家好多了，兴旺在城里盖楼的时候，从脚手架上掉下来，摔断腿了。包工头赔的那点儿钱，不够治腿用的。将来就是治好了，他也不能干重活儿了。

刘红艳打了个嗝，仍哭。

刘红艳听到老羊馆过来说，还哭啥？赶紧把羊处理了吧，再不处理，兽医站上的人来了，你们可就损失大了。

刘红艳不哭了，说怎么处理？

赶紧卖掉，这还用说吗？

刘红艳见父亲围着她和那头大羊，转过来转过去，对对，赶紧的吧，别只顾着哭，误了事。打电话找你弟，让他借辆大货车，连活的带死的一起运到外县，远远地卖了。

张全忠也慌乱起来，把羊处理了吧，再不养羊了，还是种地好。张全忠说，村里以集体的名义到北边大洼承包了一片地。

他老丈人说这次离家更远了，一百里路吧。

张全忠说，一百里还多哩！

他老丈人说，眼看着这村里的地也快没了，你弟弟他们少不了同你们一样。你们先去，他们再去也好有个帮衬。用不了多久，兴许麦子抽穗的时候，你们家的蔬菜大棚就建成了。

一辆农用车突突地过来。

一只只的羊“咩咩”地叫着被抬上了车。

小黑狗发疯一样地狂吠。

那头弯弯角的大羊也躺在车上。它竭力仰起头，接着摔在车厢底板上，发出很响的一声，一只小羊羔在它肚子上蹦跶。

老羊馆说，先顾人，人好好地比啥也强。他催着张全忠他们快离开。他说前几年咱村养猪的那些户，遇上了瘟猪，不是照样过来了。还有那次养土元，几乎半个村子的人家养了，养大了，怎么样啊？那答应买的人跑了，不见影了，日子不是还得一天一天过。

刘红艳松开抓着车厢板的手，感觉就像在做梦。

她发了会儿呆，拿起铁锨进了羊圈，清理起地上的粪便和污泥。汗水铺在她的头发上，铺在她的脸上，铺在她的胸上，铺满她的全身。穿堂风吹过来的时候，她起了一身鸡皮疙瘩，冷得想打哆嗦。

一直听到农用车突突地回来，她才停了手。

看见弟弟她就问，死羊呢？卖了吗？

弟弟说，车刚上大公路，后面就有辆车追上，一直追到收费口，才拦下我们。

刘红艳说，我问死羊卖了吗？

弟弟说，防疫站上的人爬到车上给羊盖章，说跑啥啊，这下高兴了，大热的天，又死了俩羊，这是纯热死的。

卖了？

埋了。

埋了就好。

刘红艳这才觉得背上的汗水把衣服都湿透了，别是病死的羊让人吃了，再害了人。

弟弟说，我姐夫让兽医站的人带走了。

刘红艳感觉如同小时候被尜打了头。打尜，是她小时候男孩子喜欢玩的一种游戏，把一根小木棍两头削尖就是木尜，用一根木棒轻轻击打尜的一头，等它飞起来后，在空中用力将它击打到远方。有一次她看人家打尜看得近了，让那飞起来的尜打了头，没起包，看不出伤，就是痛。

刘红艳拿手背擦了眼睛，视线有些模糊，透过羊圈的栅栏，是孤零零的小屋，树，成片成片的麦子，好似一切如常。

她用一只手握着另一只手，一只手指关节上的茧子，抵着另一只手的手心，如同被那飞起来的尜打了头，没起包，看不出伤，就是痛。抬头，望天，眼泪就不会流出来了。

剥离的日子

一

夏爽回家了，他的头发，看上去就像一个大鸡冠，右侧挑染了一缕银发。

一进门就说，他收到快递员送来的邮包，以前邮包不管放哪里，微信告诉一声就行，这次，他非要那人把邮包送到他手里。快递员说没事我走了，他说先不能走，得打开邮包看看压坏了没。里面是他网购的打折抽纸。他听见顾彩云说他咋这么小家子气，立马就上火，你懂个啥？我花了钱，买的就是这个消费待遇。

他对顾彩云说，他现在干了卖楼的，卖楼很赚钱，卖一套能拿一两万的提成，带我的师傅一年工资上百万，真厉害，看房的很多，陪着他们看房，走得脚上起泡，腿肚子抽筋。

顾彩云说，哪里起泡了？我看看，咱悠着点干，别累着了。

夏爽没理顾彩云，顾彩云就是个收菜的，她懂个啥？

他现在这个客户感觉好像要买，真买，这女人很难缠，已来了三趟，她自己来了一趟，她与朋友来了一趟，她与家人来了一趟，大热的天，他要耐着性子不停地说，不停地走，打了7次电话，定下第二天买，来交定金，结果天一亮他接到电话，说不买了。

顾彩云和夏保民竟然像说相声一样，一人接一句，不买就不买，再找个买的。你这出去长了见识，能说会道的了。嗯，好。嘿，行。只差向他举拇指了。

夏爽接着讲。

他问女人为啥不买了？

女人说听人家说那是块毒地。

什么毒地？

你不知道那地方是个化工厂？还是故意不同我们说？

他说我真不知道这事。

他对顾彩云说，当时他仿佛看到他们家的那棵发财树叶子哗啦啦往下掉，就像掉人民币一样。

他又带着那人看了套毛坯房，这是一套别墅，上下楼，有个面积不大的小院，他指给那人看，这儿安上个白色的门，这儿做个隔断，当时他就想家里的房子算不算别墅，也是二层楼，也有个小院，我们一家人住在一楼，从楼梯拐弯上二楼的地方，就一直毛坯着。原来这户人家是给孩子买的，孩子研究生毕业去了北京，只好把这套房子卖了，准备在北京买。他说，又是一个啃老的，不啃老能行吗？

顾彩云问他，你在外面到底借了多少钱？都是谁的？

正在嗍瑟的夏爽吃了一惊，啊？你听谁说的？

人家要账的把电话打到家里了，还有人来家里要，你姥姥都接到找你要账的电话。借了多少，说，说了不骂你。夏保民在一旁小声说，不是说好了先不说的吗？

不多。

不多是多少？三千？两千？三万两万？到底是多少？

屋里靠东墙门口边放着的发财树，又长出很多新的绿叶。顾彩云见他不吭声，把正在喝的一杯水倒在发财树的盆里。夏爽说你把它烫死吧。他这话刚说完，顾彩云伸手就扯了发财树的叶子，到底借了多少？

夏爽说，十几万吧。

夏爽看着顾彩云像个大青蛙一样跳了起来说，真是让你气死了，你说你干啥花这么多钱？顾彩云摔了马扎子，踹了发财树，扫荡了茶几，又跳到他身边，指着他，你、你、唉。夏爽看着顾彩云如自行车歪了嘴子，一下子撒了气，给你钱，快还上，再不借人家的，啊，用钱回家拿，又不是不给你，我和你爸还能挣两年，等我们挣不来的时候再说。

顾彩云又说，我和你爸在城里看好了一套房子，咱也买楼，去城里住，先贷款，给你结婚用。

夏爽说，有那么多钱做什么不行？干吗要买楼？还不如先给我还账。

顾彩云说不是说给你钱还账的吗？

夏爽不敢看顾彩云，利滚利，不止那么多，好像超二十万了。

这下不只顾彩云崩溃了，夏保民也崩溃了，原本坐在沙发上，这时站起来，原地转了三圈，这是造了什么孽，从小捧在手心里的儿子咋会变成这样。夏保民搬起那盆发财树，走到大门外，用劲摔在地上，盆子滚动了两下，破了个边儿。顾彩云又搬起来再摔，用脚踏，踩了几下，踩着那发财树的一根枝子，脚掌用力转动。

夏爽跑过去，有气冲我来，关发财树什么事？看着躺在地上的发财树，觉得财运好似长了翅膀一样要飞走了。他两手紧张地捧起发财树，看看能不能再找个花盆栽起来。顾彩云发了疯一样，发财发财，发多少财也不够你祸害的，说着去夺发财树，我和你爸不舍得吃不舍得穿，我三年没买件新衣服，我……我……我不活了。

夏爽看着顾彩云穿着一件大花套头衫，扎着一条土黄色的头巾，又哭又叫，夏保民光着膀子，灰色短裤用根麻绳吊在胯上，一条裤腿卷到大腿根，趿拉着双褪色的解放胶鞋，想着以前他用蛇皮袋子盛着被子去给他送，同学们看见，以为是路边捡垃圾的。一股无名怒火直冲他的脑门，他冲着他们喊，我真的不想过几年也变成你们这样。

二

正是玉米抽穗的时候，连着下了三天雨，这天是星期天，下午夏爽约着女友趁着阴天没太阳，天气比较凉爽，去弥河边逛逛，听说弥河来水了。顾彩云还说，不知哪里下了大雨，这么凉快，也是立秋了，一场秋雨一场寒，咱们这里下的雨太小，很多年很多年了，记忆里就是小时候见过下大雨，一连下了半月没停歇，从那以后，就是年年旱，每年到了雨季，“快下点雨吧”，几乎成口头禅了。

出了他们村，向西过一条马路，就是景观小区，景观小区紧邻着弥河。路上，看到好看的花，掏出手机拍，看到好看的草，拍。一棵灯笼树树干上冒了芽，一拃长，顶部淡绿，根部淡紫，离地半人高，斜向上长着，小剑形的叶片上带着雨珠；小池里，有芙蕖正在开着花，玉一样的花瓣开在明镜一样的清水上；岸边的垂柳，三两根枝条穿过枫树的叶子，摇摆在水面上；脚边的草坪上布着大大小小的石头，石头是一页页的如纸片一样叠成的；弥河岸边，成片的玉簪花，在树丛中，开得望不到边，被雨水淋了，叶和花，透亮水滑，如翡如翠，女友说她很想掐下一枝来簪在发间。沿着木板走廊，来到弥河公园，大象一家三口，站在水边嬉戏。一辆面包车停在一旁，也不知是怎么进来的，这里平时不让进车，自行车都不行，车里有奶奶，有妈妈，有妹妹，开着车窗，望着外面的一个小小子，正在轮滑。夏爽说，拍个小朋友从远处迎面滑过来的镜头，背景是绿树间有两个帆形的白色遮阳亭，三两张供人休息的躺椅，冲过水洼溅起的水花，孩子像飞起来一样，起个名字叫飞翔，这张片子说不定能获奖。他们也拍了弥河，水轻缓地流着，有人在岸边钓鱼，拍了他的钓竿，与一座小桥相映成趣，拍了落在木廊上的浅黄色树叶，如一个个小手指印，让雨水贴在黑绿的木板上。然后他们把照片发到朋友圈，写上叶是张扬的，果是害羞的，花是花呗。

女友说着花呗花呗，如唱歌，坐在路边躺椅上，嘟着嘴，伸出手，亲了下手上的钻石戒指，然后两手托着下巴，让夏爽给她拍照，让他把戒指和手链都拍上。夏爽也说花呗花呗，如唱歌，然后喊了声花个屁呗。女友愣了下，继续笑着说花呗花呗，他不停蹲下起来给女友拍照，嘴里嘟囔着花呗花呗，买东西就像不花钱一样，给女友发红包，1314元，代表一生一世，520元，代表我爱你。不说买别的，就说买水果，那是成箱买，还须从树上现摘的。明明知道自己赚得不多，不够花，却偏要充大尾巴狼，有时自己都看不起自己，可是这花钱让人上瘾，三十五十，百儿八十，觉着不多，今天买对情侣杯，明天买件情侣服，后天买对情侣耳勺，真是花呗花呗，想起这花呗，夏爽忍不住爆粗口，花呗个屁。

空中飘来了一块黑色的云，带着灰白色的边，像一条巨大比目鱼游过来，赶紧往回走，还没走几步，雨点开始密集起来。夏爽说，跑到一个地方先避避雨吧。女友说，下个不停怎么办？他说，不会的，夏天的雨都是阵雨，赶紧跑吧，路边有个放自行车的棚子，刚刚跑进去，雨大起来，落在棚顶上，像无数人在击鼓，对面说话都听不清。有两个老人，还有一个骑电动车的母子也躲了进来，时间不长，雨小了，他们打车又去城里电影院看了场电影。

顾彩云不喜欢他女友，说她就是个妖精，打扮得像妖精，长得也像妖精，一看就不是个安生过日子的。夏保民帮着说了两句，儿子喜欢就行，你管那么多干什么？夏爽接着说，就是，从小你不是说，人家孩子有的，咱家孩子就要有吗？顾彩云马上发起脾气，这儿媳妇八字还没一撇，你父子俩就合起伙来挤对我，从小父母管着，上学老师管着，结婚夏保民管着，现在儿子管着，怎么着，我还能过天好日子吗？夏爽改变不了顾彩云，那就不让顾彩云看到女友。

家里有辆面包车，安了监控器，自从上次他离开大舅给找的厂子，自己找了份工作后，顾彩云就让人在车里安了监控。真是个傻妈，想监控他，他是那么容易被监控的吗？换了工作后，顾彩云非要到他上班的公司看看，他就说了一条街，谁会想到这老两口子较了真。有天晚上，他们在这条街上从东找到西，顾彩云说蓝色的广告牌闪得她眼晕头晕，也没找到，很生气，给他打电话，夏爽指挥着顾彩云，顾彩云指挥着夏保民，夏爽说往东走，东头一条胡同，就在那里面，车进不去，得走着过去。没有，还是没有，倒是有个宰鸡场，一股子腥臭味，熏得他们捂着鼻子跑出来。

就在文化街东头的一条胡同里，胡同口前面是个小公园，种着一丛竹子，夏爽的话通过手机听起来十分愉快，这是三个小时前，顾彩云和夏保民就在这块地转悠，找，找不到，就打电话。夏爽说，就是那儿，你们没看见，真是笨，再找找。他们怎么会找得到？他这次又撒谎，事实上，他在一个同学家里开的饭店帮忙，离他说的那条街有六十里路。那晚，他打车回了趟家。那晚的雪下得真大，雪在车的灯光里，如一群快乐的小飞虫，忽上忽下，飞得无拘无束。

这事就这么过去了。

当他再开车去城里找同学玩儿，顾彩云给他打电话，问他在哪里，他随意说了个地方，顾彩云说了声撒谎，他当时就查了车，找到了监控器。

他们看得很投入，甚至没有注意到外面正在下雨，还下得很大。过后他们才知道，这天晚上下了通知，上游三个水库泄洪。

三

顾彩云不见了，是夏爽早上接到夏保民的电话知道的。夏爽起床，洗了把脸，刚坐下吃饭，一盘土豆炖鸡背，一盘肉丝炒苦瓜，一盘煎鲳鱼，都是他最爱吃的。

“几点了？你妈还不过来？忙煞个人，她倒是享起福来了。是不是又睡过头了，赶紧叫她。”声音大得他敲父母门的时候耳朵还嗡嗡响。

“妈，妈”，喊声落下他也推开门了，屋里没有人，厨房、厕所，甚至平时不大上去的二楼也爬上去看了，没人。

出院门到街上，一只黑山羊拴在门外的柱子上，绳子另一头套在羊脖子上，地上有些苔菜叶子，因为绳子的缘故，近在眼前嘴边却吃不到，挣得绳子像根细竹竿，挣得身子比头都近前，吃不到就是吃不到，羊对着夏爽“咩咩”叫着，转身继续它事业上的拼搏。夏爽伸脚踢了菜叶子，羊吃了，抬头对着他咀嚼。他掏出卫生纸，擦了鞋，鞋是尖头棕红色皮凉鞋，把纸团了，砸向羊，羊抖了抖耳朵，把卫生纸卷进嘴里。夏爽去羊嘴里夺纸，什么都吃，傻啊，吃坏了咋办？他知道这只羊是为他大舅养的，准备过年吃。顾彩云当初把羊带回家时说，这些年杂七杂八的事没少麻烦你大舅，家里没什么稀罕物，人家家里也不缺平常物，养只羊，纯是吃菜吃草长大的，这肉吃着可放心，过年处理了，给你大舅送些去。夏爽搂着羊脖子，抠羊嘴，也没抠出什么来，只好放了羊。他回了屋里，拎起被子抖搂，仿佛顾彩云就躲在这被子里。顾彩云没在这被子里，却有一本书从里面掉了出来，他拿起来一看，是他上学时学校统一买的一本书，绿底黑字写着《牵手两代家长课程》，书里面不少句子下面用铅笔画了线。对了，还有他喜欢的金毛狗，它在狗笼子里老实地趴着。

他要到收菜点看看，也许夏保民知道她在哪儿，他们一起生活了二十多年，虽然夏宝民因为懒，常被顾彩云唠叨，夏保民也因为顾彩云常看些《知音》《读者》之类的杂志，给扔到地上过。

四

汗顺着脊背往下淌，他听到“哗哗”的汗流声，蝉一大早就在尖叫，虐待他的耳朵，若是能够，他会捂住它们的嘴，冲蝉们吼，闭上嘴，不要叫了。其实这句话，应该对顾彩云吼，从小到大，他起意了多次，因为顾彩云是他妈，每次都憋了回去。

比如上次回家，他带回了一盆发财树，半人多高，叶子绿得放光。

他家住在村东头，一进村吓了一跳，三个月没回来，村里那棵老槐树不见了，路旁的柴草垛也没了，他家建在院门外的车库没了，换成了一个小广场，周围有好多健身器，还装上了路灯。邻家的葡萄架也没了，葡萄架很大，搭架的水泥柱到了他们家的大门口，有些葡萄藤还越界爬到他们家的门楼上，这倒也没什么，但每当葡萄熟了的时候，会招引绿莹莹黑压压一片绿头苍蝇，他见了就烦。他打不过邻家的胜子，胜子一顿能吃十几个肉火烧，胳膊比他的大腿都粗，所以也不敢多说什么。他家的房子也盖了四年了吧，大门楼，二层楼，他把车停在门口，搬起那棵发财树进了门。父母这个时候正是忙的时候，不会在家。说起来，父母算是村里的小能人，人家种地种菜，挣得是土里来，他父母办了个收菜点，专门帮外地来的菜商送菜，赚个差价。他把发财树放在客厅，阳光打在叶片上，屋里一下有了绿意，没有处理的墙面也不显得那么难看了，通往二楼的阶梯还是原生态，连扶手都没有，他想着，等以后赚了钱，做个比邻居家的扶手还好看的，像城里的大商场的扶手，弯成花，做成发财树的样子也不是不行。放好了发财树，又把买的烤鸡和单饼拿到厨房，金毛狗热情地摇尾巴，不停地往身上扑，他拿刀把鸡屁股割下来，给了金毛狗。

他洗洗手准备做午饭，打算炒两个青菜，一看，炒菜的锅子有些水，水上漂着的东西长了毛，锅周围生了锈，馒头扔在灶台上，五六个，生了绿毛。揭开高压锅，这是吃剩的米饭，发出一股馊味，圆茄子，长辣椒，土豆，西红柿，烂了的、生了芽的，没法吃，这是几天没做饭了。再看客厅里，香蕉、苹果、核桃、大枣，茶杯水碗摆了一茶几，茶壶里泡茶生了毛，沙发上衣服袜子这一只那一件，又乱又脏，想收拾也没法收拾。先给狗狗洗洗澡吧，金毛狗蓬松金色的毛打了绺，腿上的毛看不出颜色，肚皮上的毛沾满了泥巴。这金毛狗是他买的，当初他觉得自己常不在家，有只狗陪着，给父母解解闷，怕父母嫌他乱花钱，就说是同学给的，没花钱，人家还给了狗粮狗绳狗盆狗笼。到了晚上，他说，金毛狗也可以进屋里。顾彩云说，不行，弄屋里都是狗味。金毛狗留在门外，呜咽着，一直用爪子抓门。只要他在家，夏爽会悄悄让狗去他屋，他喜欢逗它玩儿。倒上水，正在给狗洗澡，这时顾彩云回家了，说，你来家也不早点打个电话，我好回家做饭。看到他在给狗洗澡，开始唠叨。这是啥？发财树？买什么发财树，这树又不开花，买盆花还看着好看呢，养只猫还知道抓老鼠，你说这树就看个绿叶，有意思吗？还给狗洗澡，狗就是养来看门的，这狗好，不会叫不会看门，就是个傻狗，还给它吃狗粮，还给它吃鸡蛋，你爹娘也没这样被伺候过。听着顾彩云叨叨叨，他觉得心里那股烦到了鼻孔，那句闭嘴就在唇边徘徊，哪怕有条头发丝一样的缝儿，也会冒出来，他只好紧紧地抿着嘴唇，三两下洗完狗，背上那块结成毡的地方还没洗掉，应该用吹风机吹干，也不管了，走人，大门让他摔得咣的一声，他自己惊得心跳了好几跳。

五

顺着门前的路往前走，过两排房子就是他家的收菜点。房门前用钢结构搭了棚子，棚子底下有一大堆茄子，四五个人围着在装袋子，她们都是村里的，年纪比较大的，都有六七十岁了，夏保民正在车上，接着下面的人给递上的菜袋子，起来，弯腰，夏爽知道他有腰痛病，夏保民说，轻点儿，茄子擦破点油皮，就留不住了。夏爽的心又变成了一块满是奶油的蛋糕。他手脚灵活得如一只猴子爬到车上，夏保民说，这么热的天，你来干啥？又帮不上忙，这活儿你也不会，家去吧。你妈呢？夏爽说，我妈没在家。给她打电话，问问到底干什么去了。打了，打了好几遍，没打通。夏保民催着，再打。一直打，只听到铃声响，不接，继续打，你的电话无法接通。夏爽看着夏保民脸上的汗滴下来，扯起搭在肩上几乎掉光毛的毛巾上下擦，看着夏爽，给你姨给你舅给你姥姥他们打，看看你妈去他们那儿了吗。

先给姥姥打，一听顾彩云不见了，八十七岁的姥姥骂顾彩云，你娘犯朝病了吧？脑子不好使唤了？姨说，没想到平时老实巴交的人会做出这事。他舅直接说，你娘别让人忽悠了传销窝里去，一家人就过不得了，还要找人去捞。你娘也是自私了，只顾自个儿开心，不管家里了，她不声不响地走了，你爷俩咋办？想起顾彩云说，从小家里人不待见她，嫌她无用，干啥啥不行，她还偏偏喜欢瞎折腾，不甘心啊，联中毕业考高中的时候，大哥高中毕业考大学，两人当年都没考上，家里只能供一个复读，她没上够学，但没办法，最终大哥回校复读，她去了大城市给亲戚带孩子。那个时候多好，墙上的相框里有她一张彩色照片，一顶宽边麦色帽子，红色呢子外套，脸上一边一个小酒窝。看了不到三年孩子，她不愿回家，又是没办法，不得不回来，回来是回来了，她不愿种地，怂恿着父亲贷款开了个小卖部，因父亲不善经营，每天忙碌却没有挣到多少钱。找婆家的时候，高不成低不就，到了二十八岁的那年，才嫁给了小她四岁的夏保民，只因当时夏保民在村里的沙场干会计。有了孩子后，不想让孩子输在起跑线上，一家人去城里租了房子，当菜贩子，专做往饭店送菜的活儿。几年下来，他们多少有了积蓄，买了农用车，回村收菜，卖给外地的菜贩子，一干又是十几年。顾彩云常常说，她就憋着口气，一定过得比别人好，不能让别人看了笑话。

这电话打的，让夏爽很郁闷。在他想来，母亲是不是觉得家人不只在紧盯着她，母亲像一只蜘蛛，被人举着拖把或笤帚逼近，再逼近，他想着家里厨房天花板上那只蜘蛛，悠然一跳，落在地上，很快找个角落躲藏起来。

这时顾彩云的电话打过来了，“打电话有事？”

“你去哪里了？”夏爽问道。

顾彩云轻笑着说：“你说什么？听不清。”夏保民探过头来，抓着夏爽拿手机的手，快问快问。

夏爽重复道：“你去哪里了？”

“没去哪儿。”

“没去怎么不接电话？你到底去哪里了？”

“在向南的车上，你甭管了。过两天我就回家。挂了啊！”

“别别，先别挂，我就问你怎么在向南的车上？你这是要去干什么？”

等了一会儿，电话里传来声音，我去干啥？我去学习学习怎么教育孩子。嘟嘟嘟，这次挂了。

夏保民说，坏了，你妈把家里的存款卡拿走了，那是家里全部的积蓄。今早起来，我看到她拿卡，还问她干啥？她还说不干啥，就拿出来看看。

当这天中午大水漫进村庄的时候，天上出着太阳，天空清澈得如同驼铃的响声。

夏爽打电话给顾彩云说这事，还说，他把家里拉菜的车开到河堤堵了决口，跳车的时候，崴了脚，摔断了胳膊，顾彩云说他胡说，不用骗我，一时半会儿我先不回去。

你是我的小苹果，怎样爱你也不够呀。这是顾彩云的手机铃声。

夏爽拎着顾彩云床上的那本《牵手两代家长课程》的书，傻了一样。

不要问我从哪里来

玄立君失踪了。我知道周佳听到这个消息会吃惊。

是的，当初我比她还吃惊。一个曾经戴着眼镜，留着长发，就差像那个唱沧海一声笑的刘欢那样在脑后绑小辫子，看起来很有文艺范的人，怎么会失踪呢？

单位上找不到人有好几年了。我说。

我低着眉眼看着白骨瓷杯里的小蓝鱼在琥珀色茶汤里游晃，有些不好意思抬头。虽然玄立君失踪和我没有什么关系，玄立君欠的是她周佳的情，又不是我。

竟然失踪有好几年了，真是不敢相信。周佳很是怀疑，现在科技这么发达，手机都有定位，到处都有摄像头，走到哪里都要身份证，一个人怎么会找不到呢？不可思议，她端起茶杯又说不可思议，放下茶杯又说了不可思议。

是啊，谁会相信，一个叫“温比亚”的台风，带来一场大雨，会淹了我们这儿很多人的家园。多年干旱几乎成了草原的河，水会多得盛不下，穿境而过的时候，溢了出来，淹了房屋，淹了田地，淹了猪，淹了鸡。作协组织志愿队，参加救灾活动，远在外地的周佳也请假回来参加家乡的抗洪，捐钱捐物，到受灾严重的村庄实地采风。看到会员的捐款名单，她忽然提起，不知玄立君现在干什么了？他是咱们的老会员，他还欠着我五千块钱呢。顿了顿，她音量放低了说，当初觉得他经济困难，他开了口，不好意思不借他，那个时候我们单位正拿了买房的集资款，手头很拮据，我现去同学家借了两千元钱，凑了五千元钱给的他。当时的情况你可是知道的，你是见证人。我没作声，我脸红，我不知道这会儿说什么，我还羞愧，因为玄立君当初给周佳打的借条我拿着，放在包里，谁知道时间一长，那借条就不知被我收在哪儿了。

作协刚成立那段时间我们认识的玄立君。他说谁想出书，说一声。

他看着面善，不笑不说话，吸烟的时候，他不用手取烟，从烟盒里往外拍，给人烟，也是先从烟盒中拍出两支，对方取了那露出半截身子的烟，他才将另一支烟放自己嘴上，先给对方点上烟，再自己点，这样的人说出的话，很容易让人信服，反正我是信了，周佳信了，好几个文友信了，当然，那时除了周佳出过一本散文集，对其他人来说出书这事还处于梦想阶段。当有人对你说，出书不用担心，出书的梦想仿佛变成了待放的花骨朵，用不了多久就会开放。

于是，大家对玄立君的好感直线上升。

周佳说，一个爱好文学，爱好写诗的人，能坏到哪里去？所以当他说他孩子中考，成绩不理想，需要拿借读费两万元钱上高中，找周佳借钱时，周佳二话不说借给了他五千元钱。

过了段时间，周佳说，我怎么听说玄立君口碑不好，他借钱这事，你给做个见证人吧，我不好意思，就麻烦你让他打张借条吧，他说借两个月就还。

钱和借条都是经过我的手。我跟着周佳到银行提了三千元的现金，她从包里又拿出两千元钱，用报纸包好给了我。我和玄立君站在一棵枫杨树下，玄立君接过纸包，打开，一张张点清。那棵枫杨树结了一串串长长的果，看起来很像小时候过年奶奶给贴到炕头上的摇钱树。后来坐公交车去玄立君办公室拿的借条，给周佳送，周佳说，这借条你拿着，钱还回来的时候，我再从你这里拿，我就不和他照面了。说着她自己笑了，你看这事搞的，好像地下工作者做事，遮遮掩掩，神神秘秘，这就是俗话说的死要面子活受罪？

周佳、玄立君和我，从此以后，我们三人再也没凑到一起。从穿半袖到穿上棉衣，大约过了半年的时光，周佳曾让我找过玄立君，问还钱的事。

当然不好直接提钱的事，那显得太俗，没有水平不说，总要顾念些人的情谊和尊严，中国人的面子嘛，于是我先和他东拉西扯一番。他说他一年能在省市以上刊物上发大大小小的稿子一百多篇，挣了不少稿费，再加上单位给的奖励金，加起来不下万元，我有些相信。他在单位是专做宣传这项工作的，对口宣传新闻稿子还是比较有机会发表的，当然若一年能发这么多稿子，也是很有能力的。我夸赞他，趁机说还周佳钱的事，玄立君说过两天吧，过两天一定还。两天又两天，一直没还。现在对付这种老赖，法院专门在当地报纸上办了这样一个栏目，不定期把他们的名字刊登出来，羞他们一羞。对那些不知害羞的人来说，大概起不了多大作用。

就像这玄立君。

我有一种辜负了周佳的信任，上了玄立君当的感觉。周佳说，这钱她不要了，权当做了公益。我说，也只好这样了，遇到这样厚脸皮的人，真是没办法。

后来这玄立君却调入我所在的单位，干了分管宣传的副主任。现在是我感到不好意思，对他借周佳钱的事，连提也没提，只说作协活动你好长时间没参加了。他就笑，说你看我桌上的这盆仙人掌好不好？我说还行，心里纳闷，这作协活动与这个多刺的家伙有什么关系。他说，周佳说仙人掌防电脑辐射，我就跟人要了盆，好几年了，一直养着。噢，原来是这个意思，于是我更加不好意思提他欠周佳钱的事，只说，周佳是个善良人。

他是从乡镇上调来我们单位的，都说他很能喝酒，一次能喝四杯白酒，52 度的，一点差不多能着火的那种，说干了就干了，一张嘴倒进一杯，杯子翻转过来，一滴不剩，人送外号“不倒君”。

他说，搞宣传写材料这工作很累，不好干，现在的年轻人很少有愿意干这工作的。现在还好了，什么都上网搜，复制粘贴，妥了。以前不行，写宣传材料，给领导写发言稿，那些句子，那些用词，真是绞尽脑汁。白天人多，心不能静，只好晚上加班。有一次，加班快到夜里十二点，回去老婆不让进屋，那个时候他们家还没住上楼房，住平房。住平房好，不用花钱，还有个小院，院里有间小厨房，外面很冷，他钻进厨房，一会儿就冻得受不了，把锅盖抱在怀里，把簸箕顶在头上，蹲在灶前，还作诗，外面的雪飘飘，里面的人抖抖。身披簸箕头顶瓢，不知罗勇咋样了。罗勇是同他在一起加班的。第二天他自己到单位说这事，大家笑闹了好长时间，见了他就说簸箕、瓢，冻得像夹尾巴狗了，还作诗？

他还喜欢唱歌，唱“不要问我从哪里来，我的故乡在远方，为什么流浪、流浪……”唱到兴奋处，声音如深秋的天空般空旷高远，如冬天喝茶随吃的青萝卜，又水又甜。低声哼唱，听得人感觉面前就像放了一盘山楂，还没吃，就唏嘘开了。

有时从他办公室门口走，黑红木门把门口遮掩了大部分，留下一小部分，让每个从这儿走过的人，都慢下脚步往里瞅瞅，然后脸上会出现一种笑，一种意味深长的笑，窃窃地说，不倒君又喝高了。喝高了的玄立君，站在门后边，点着一支烟，用右手食指和中指捏着，点着门后的墩把儿说，你谁呀？我认识你吗？然后吧嗒吧嗒抽上好几口烟，再继续说，你从哪里来的……嗯，喂……不要问我从哪里来。一会儿，烟雾贴着墙溜到走廊上，然后就听到关门声、笑骂声。

同事之间很少说家里的事，有一次晚上我们加班，很晚了，一起出去吃饭，他喝了两三瓶啤酒，看着那些上菜的服务员中有几个四五十岁的妇人，于是，说起他的父母。他说，他不记得自个儿娘是什么模样，只记得娘的一绺头发，披在脑后。他娘去世得很早，是父亲又当娘又当爹，把他和他姐姐拉扯大的。

他搛一口鱼放嘴里，抱怨说这什么鱼，刺真多。我端起杯子喝水，发现玄立君的眼睛竟然有泪水渗出来，他转头拿餐巾纸擦鼻子，借机按了按眼睛。

然后学说孔乙己，半闭着眼，摇着头，晃着身子，不多不多！多乎哉？不多也，于是一群孩子都在笑声里走散了。我们大笑的时候，他也笑，笑得眼里出泪，笑得不能自已。主任，咱不笑了行吧。为啥不笑？笑一笑十年少。再笑你快把自己笑没了。

临走，剩下的饭菜我们没有打包，他都端给了服务员，她们正在吃饭，守着一盘炒芹菜，一盘馒头。他说，这鱼我们没动几筷子，这牛肉也是干净的，你们别嫌弃。那些妇人站起接下说，谢谢，那鸡块你们还打包吗？不打了，都端过来。玄立君边端边说，别让你们老板不愿意，这是我们自愿给的。出来外面他说，都不容易啊。有人说，饭店服务员不是管吃吗？他说，管吃肯定管吃，可不会管吃大餐，你没看到她们吃的啥？我说服务员也是自尊心很强的，你这样做会不会伤她们自尊。他说嗟来之食，不只是她们，别人也是不吃的，你们没看到吗？我给她们的时候，肯定是顾着这点的。回想，记得他当时扬着笑脸，坦然道，不好意思，这几个炸鱼送给你们吧，见对方很高兴地接了，又顺便端了别的菜给她们。

玄立君也算是个给力的分管领导，我们宣传科组织个什么活动，比如举行个新闻写作培训讲座，请他发发言，压压阵，讲两句，他每次都很爽快地参加，讲得还很生动。

但他借钱不还的毛病真令人不喜。

单位同事结婚生子，同事的孩子结婚生子，随喜份子，他说你们先给垫上啊，过后再还你们。我们科室的人都给他垫过钱，事后他很少还。一次两次还行，多了，没人愿意当这个冤大头。他也是个聪明的人，渐渐地向其他科室的人下手，有时在走廊遇到谁逮住谁。你说他忘了这事吧，他还时不时提提，小张，那天谁谁结婚你给垫付的钱也没给你，小张客气道，没事，三百二百地不要了，他顺杆说，不要就不要了，权当请了个客。这样，谁还好意思追着领导要那三百二百块钱，大多不了了之。

单位组织干部职工去外地红色教育基地学习，年龄大的同事玩笑地说，晚上锁好门，尤其是年轻漂亮的，有人喝上点儿酒喜欢敲女人的门，千万别给他开啊。然后看着玄立君笑，有努嘴的，有挤眼的，玄立君也笑，谁呀？谁做这缺德事？揪出来，给他一顿老拳，肯定老实了。果然晚上有敲门的，不知是谁。第二天，有女同事宣扬开来，听到敲门声，问是谁？没有人应声。不只敲了一个房间的门，敲了好几个，没有人开门。有女孩子说真是让他吓死了。有些说，这有啥，不就是个敲门吗？半夜睡着睡着，忽然让敲门声惊醒，你不害怕？

这些人争吵着，被怀疑的对象玄立君从外面翩翩进来，小声唱着不要问我从哪里来。问他这么早去哪儿了？他的歌声停了下，说他不知道去了哪儿，昨天晚上喝高了，到附近转了转，看到天亮了，随便找个路边摊吃根油条，喝碗豆腐脑，就回来了。众同事一听，几乎不约而同地说，玄主任不愧是玄主任，高手。然后他把右手扣在左手上，抱拳说同志们，回见，继续唱着他的歌流浪远方去了。

玄主任在我们单位待了三年，又调走了。

之后又听说了一些关于玄主任的趣闻，有人说玄主任这人很好玩儿，喝了酒不回家，满大街溜达，专门走那些旮旯儿小巷，溜达累了看到有不上锁的自行车骑上就走的。骑够了，把自行车随便一扔走人，困了就近找个地一歪躺下就睡，也不管脏呀还是干净，睡醒了爬起来回家。把尿洒在路旁边的树下，像狗一样留个记号，他自己说狗是怎样记住回家的路的，就是走走停停，在树下或墙角边撒泡尿，凭着这尿味回家没问题。有人笑话他自比狗，他说他很喜欢狗，上辈子说不定就是只狗，很想养只狗，甚至有次给了个流浪狗半根火腿肠，它就跟着回家了，老婆死活不让养，人都养不活哩，还养狗。不能为一只狗和老婆离婚，只好把狗远远地送走了。

有段时间在路上走，听到有人唱“不要问我从哪里来”，忽然想起好长时间没跟玄立君联系了，给他打个电话吧。联系了一个他单位的人，那人说，老玄失踪了，单位的人不知道他去了哪里，家里人也找不到他了。有人说他借了亲戚的钱来投资，放到了一个企业里，企业倒闭了钱要不回来，他人也不见了，据说亏了六七百万，里面还有我的三万，我都不好意思说。那人说，老玄有可能让人打死了，反正失踪了，不见人也不见信。

借亲戚钱投资，这事有可能是真的。曾有人看到他开着丰田越野车，一个工薪家庭哪里能买得起？他自己说是开的一个公司老板的，这个也有可能，公司老板是个女的，依他的本事傍上个大款也不是不可能。有段时间，他迷上了写网络小说，也曾给我打过电话，说他揽了个活儿，写电视剧，写我们当地的一位抗日英雄，一集八百元，他已经写了三集，人家钱都给他了。电视剧本一共二十集，这么好的事，他怎么能忘了咱作协会员，于是组织大伙都写，我也写了，有几个会员也尝试着写，人家老板没看上。后来这老板因给另一个企业做担保，担保数额大，因对方无力偿还受牵连被抓，写剧本这事也不了了之。

我说他这么疯地弄钱为了啥？那人说，可能为了给他家孩子治病，听说他家孩子得了病，得了一种很难治的病，好多年了。我有些吃惊，我们怎么没听说过。那人说，大家都不知道，他保密，不让说，我也拿不准，也是听别的人说的。

怪不得见到十几岁的孩子，他常发呆，看到刚刚参加工作的新员工，他格外愿意同他们说话。

在一个休息日，我赤脚肆意地踏着木质地板，感受着地暖带来的舒心，目光扫过挂在客厅里母亲亲手画的富贵牡丹，阳光从窗外射进来，拿一本书团身坐在宽大的落地窗台上。不想听到窗外有人在吆喝收报纸收纸壳，看着堆在一角的一摞报纸，边感叹道，订了一年的报纸，哪里看了几张，都不知道从什么时候起，光看手机电视，不看书看报了，下楼让收废品的收走，省得占地方。收废品的，我家有些报纸，收得是多少钱？那个人骑着三轮车，仰头看着身边的楼房，听到我说话，身子扭转，三轮车前轮转了个半圆弧，向我过来，边说，四毛钱。我说，这么便宜。他说，不便宜了大姐，我运到废品站，一斤能挣个三五分。他把羽绒服的帽子拉起来包在头上。声音听着这么熟悉，再细看，这不就是玄立君吗？我大喊，玄立君？玄主任？他把帽子从头上拉了下来，说，叫老玄吧。其实，我早就认出你了，这么多年，你是一点儿也没变。

我把他让到家里，给他倒水拿烟。他说，你别忙了，我现在不吸烟了。一通忙乱后坐下，我和老玄中间隔着一张玻璃茶几，这才慢慢说些往事。

他说，当年他集了亲戚朋友的钱放高利贷，原本想着赚些钱，给孩子治病，谁想到血本无归，朋友去单位闹，他就被单位开除了。当时想死的心都有，什么也不想干了。

我问他，那孩子现在怎么样了？

他木木着脸说，走了，好几年了。

说到这里，泪水在他眼眶里打转，我不忍直视。

他又说，孩子生病的那段时间，有时在家里待不下去，就胡乱逛，有一天无意中逛到了一个果园，看着树上的大苹果那么馋人，就想让孩子吃个新鲜苹果，打算偷偷摘一个，结果差点被人打死。

为了个苹果，差点让人打死？我感觉不可思议。

唉，你不知道。那个午后，我走近果园时，看到一只鹅，在一棵苹果树下休息，闭着一只眼睁着一只眼，两只眼轮换着闭来睁去，看一会儿天，看一会儿苹果树，看一会儿苹果树旁边的一间土屋，女主人看着鹅说，你个笨鹅，真会享福。她拿着菜刀切菜，我听到她说，这两天摘苹果，累得浑身像散了架，做韭菜合子吃，犒劳犒劳。

鹅用大黄喙啄了两根骨节草，把头伸进背上灰色的羽毛里，继续它的午休，天空中飞过一群麻雀，落在苹果树上，一只苹果落下来，哗啦啦引得树枝树叶摇动，像有人挠树的痒痒，麻雀轰地一下飞走了，鹅啄啄身边的苹果，苹果园深处响起一个男人的声音，抓小偷抓小偷！我说大哥你听我说，我只是感觉这苹果新鲜……我真不是小偷，我就是从这路上走，捡了个苹果，给我家孩子吃。谁是你大哥？大哥大哥？不用乱认亲戚，他追着我，没头没脸地打。树枝和果子也一路抽打着我，阻着他，我不得不伸出手，一手护卫在脸前，一手拨开那些枝条儿。跑出果园后，我头上挨了重重一棒，大概是他在哪儿捡了一根粗树干。我倒在了地上。混沌中，我听见那男人叫起来，鹅她娘，鹅她娘，我家摊上事了。我听见鹅也不安地来回踱步，嘎嘎叫着。

玄立君说完，揩着泪眼说，不好意思，让你笑话了。

我一时不知说什么好。我把报纸送给他，他不要，一定要按斤给钱。推让不过，我只好收了。

然后，他突然提起周佳，说我欠周佳的钱，一定会还的，这些年让你跟着受难为。

我说，大家要是知道你的状况，都能理解的。

他笑笑说，不怪别人，都是我自己造成的，但是我认了。借单位同事的钱，我一笔笔都记着，一笔笔还。

玄立君下楼走了。透过窗子，看着他的背影，不是滋味。不知从哪儿传来了那首歌，我觉得它从来没有让我感觉这么忧伤，“不要问我从哪里来……为什么流浪，流浪远方……”

小青鱼石笔

去村里的学校，需走过半个村庄。

花朵走在胡同里，左边一个门，右边一个门，门与门并不相对，像棒子棵上的叶子，是错开着的。门口与门口也不一样，有大门楼，门两边有石墩，雕着蜿蜒的花纹，像刚剃的头般发着光，这是被村里孩子天天磨蹭的，大门的上坎，是木头刻的花板，雕着福禄寿喜。有小门楼，小的仅仅为两扇门遮挡雨水。有柴门，几根木棍撑着，连鸡都挡不住，就是个摆设。花朵娘说，这门呀挡君子不挡小人。

胡同南北通透，差不多在中间的地方向东凹进去一块，这是胡同里的人家为一口井设置的地方，这样走在胡同里，就不必为一口井而绕路。

一胡同人家都靠这井里的水洗衣做饭。

花朵从北向南跳着走，两只脚一只提起，一只踢着一块小砖头。她家的狗是跟班。

一棵杏树，两棵柳树，三棵槐树，比槐树还多的是梧桐树，在地上结成一团绿荫。阳光透过树叶，像撕碎的金箔，洒在胡同里。门口与门口之间的墙边，竖着一排棒子棵，被阳光晒出一股股清香，飘满整个胡同。胡同的墙根边儿，长着一墩又一墩的蹲拔草，它们老老实实摊铺在地面上，车碾就碾了，人踩就踩了，水冲就冲了，鸡啄就啄了，它们才不理会，只管泼辣辣地长就是了。村里的大人孩子都知道，这草皮实着呢，车碾不死，人踩不死，水冲不死，鸡啄不死。

花朵对着一个小门楼喊：三妮儿，刺猬，连着两声。

花朵支棱起耳朵听动静，公鸡扑棱着翅膀，女人大声地咳嗽。

门前拴着一只山羊，趴在地上，有一些新鲜的草根混在羊屎蛋子里，羊扯来嚼着。涎水沫沾在胡须上，两只奶又大又红，花朵操心着它们会不会撑破。羊的上面有梧桐树叶罩伏着，阳光和雨水不会直冲到它。

羊拿眼看花朵，花朵家的狗蹲坐着看羊，花朵看羊奶。

三妮儿，刺猬。再连着喊两声。

来了，来了。先出来的是刺猬，后出来的是三妮儿。

三妮儿下面还有个弟弟，出生不久就没了，后来又有了刺猬。他父亲说，狗都不敢吃刺猬。很快他家狗都不敢吃的刺猬长得头圆圆的，眼睛圆圆的，耳朵也圆圆的，并朝前罩着，活脱脱就是一小猴子，起了大名叫花如燕。

花朵问，你家的嫩棒子吃了吗？三妮儿说，俺爹不让吃。

刺猬说，晒起来了。

花朵对这事已是见怪不怪了，他们那爹简直会过日子会过得疯了，一掐一泡水的嫩棒子都舍不得煮煮吃，说是晒干了，连棒子骨头一块儿磨了吃，这能吃吗？吃地瓜不让剥皮，不让吐丝络，俺娘唉，她是直接咽不下去。

花朵说，馋吧？

三妮儿没作声，咽了口唾沫。刺猬把一根手指含在嘴里，说馋。

花朵变戏法一样，把半根棒子捧在手里。她说，这是她早上做饭放在锅底烧的，前半截给了弟弟妹妹，她要了后半截。她左手攥着棒子，右手拇指搭在上面，说，两行？刺猬点头，两行。两手往裤子上抹了抹，脖子抽动了两下，咽了两口唾沫。

花朵转身也给了三妮儿两行棒子粒，两人都欢喜，好吃！真香！

哎哟喂，痛。刺猬叫了一声，捂住嘴巴，痛得眼眶子发了红。三妮儿和花朵吓着了，急慌慌地问咋了这是，两人一边一个上前拍打他的背。

刺猬吐出嘴里的棒子粒，用手接着，棒子粒半拉块儿，黑的、黄的、红的，都有。

刺猬松了口气，掉了颗牙。

花朵看了，说，真恶心，快扔了。

花朵说掉了牙不能舔，要不，长出的新牙就成大龅牙。又笑嘻嘻道，“没牙婆吃饭多，见人来盖上锅”。

刺猬关心着他的牙，大龅牙？大龅牙是什么样子？

花朵一时也说不清，想了想说，大龅牙……对了，就像花树皮的牙。想想又加一句，咱班福来说的。

刺猬说，花树皮的牙可是难看，好像被老鼠啃过的棒子。

花树皮是他们村的一个傻子，喜欢在他们放学时站在学校门口，拿一把大刀胡乱舞，大刀把上垂着线绳和布条，长长的，随着花树皮的手飘起来，花花绿绿得很好看。

老师怕伤着孩子，常赶他，去去，到一边，到一边去。

学生怕老师，傻子也怕老师。花树皮很快就缩着头，弓着身子用两手抱着他的刀，贴墙边站着，嘿嘿笑着，看学生们从他身旁哗啦啦过去。

刺猬同其他孩子常招惹他，冲他“啊啊啊”吐舌头，“啦啦啦”咧大嘴，“呸呸呸”吐唾沫，拿小砖头往他身上扔，他照常在前面走他的路，惹急了，会回过头来“嗷”的一嗓子，孩子们“啊啊”喊着往后退，嘻嘻笑着，知道他是逗他们玩，他的刀就是拿来壮胆的。

他的头发比绵羊尾巴还脏。他生气就像狗发怒时那样龇牙，嘴里发着“嗬”的声音，裸露着的牙更加丑陋。

花朵看着花树皮挥刀，看着花树皮喊叫，不知怎么地就想阻止他们，喊道，你们别惹他了吧，他又没怎么着你们。果然有些孩子停下来往回走。

大龅牙……花树皮……

三妮儿说，掉牙这事不用管，没事，你看我的牙。说着，上下牙咬着，咧开嘴唇。花朵说，这是没被老鼠啃过的棒子。刺猬说，白棒子。

三妮儿笑得见牙不见眼。

三妮儿看了看刺猬手里的牙，没事了，快把牙扔到屋上，要不牙就不长了。花朵惊了一下，谁说的？她掉的牙早不知扔哪儿了。俺嬷嬷说的，她说掉得上牙扔沟里，掉的下牙扔屋上，这样牙才长得好。

花朵用手捂着没了门牙的嘴，开始担心牙不长了咋办，放学后先回家找牙，牙不长了，这可是个大事，这事都不能想。下次掉牙一定记得扔对地方。

花朵把书包挂在脖子上。

三妮儿把书包背在头上，带子勒着前额，脖子用力向前挺着。

三妮儿光着背，一块块骨头有像虫子头的，有像虫子身的，一动一动，就要撑破皮出来一样，看着怪瘆人。

花朵说，老师不是说上学不能光脊梁吗？ 花朵夏天也光脊梁，老师说上学不能光脊梁那就不光脊梁，她又不是没得穿。

三妮儿说过两天就穿，过两天她二姐就给她做新褂子了。刺猬也说，过两天二姐也给俺做新褂子，你看这书包就是二姐做的。书包一面是灰布和黑布拼的，一面是用好多种颜色的碎布拼成的，好像一朵葵花头儿。三妮儿甩着两手倒着走，说，朵儿，这上面有好几块布是你家的。花朵看着三妮儿笑得眼成一条缝了，她也很高兴，我家还有，再用，再给你。

花朵娘当老师，还会做衣服，家里有缝纫机，空里常帮村里人做活儿。

棒子粒一个一个地吃，吃得再慢，快到学校门口时，也吃没了。

咧着没牙的嘴，仨孩子笑了，长胡子了，用胳膊胡乱擦了嘴，拍打拍打两手，手上也像刚抓过黑灰，冲进学校。

花朵家的狗乖乖回家等着，估摸着快放学了，它就去学校门口等，等着花朵一块儿回家。

学校在村子中间，没有大门，只有一个过道，一边是住户，住着一位军属老大娘，很多学生做好事去给她家扫院子、打水。等后来花朵他们学写作文的时候才知道，只要是写一件好事，不少同学就写给军属老大娘打水扫院子。下了大雪，那院子扫起来也是不容易。打水也不是简单的活儿，厚厚的积雪，一脚一个坑，雪水湿了鞋子，脚冻得麻木，等缓过来，像猫咬一样难受，并且井台结冰打滑，小学生是不让去打水的。当然，花朵现在还不知道这些，现在她只是刚进学校不久的学生。

过道的另一边是村里的小卖部，里面摆放着很多东西，他们最关心的是石板，在柜台里最显眼的地方摆着一摞，白色的木框，青色的石板面，大概有十几块吧，散发着诱人的气息。每天上学放学他们习惯来小卖部扎一头，就为了看看石板，少了几块，担心卖没了，他们买的时候没得买了咋办。渐渐地他们发现，这石板好似老那么多，总是那么一摞，也就没什么担心了。

现在花朵书包里装着新书，石板是旧的，光板，比一块石板的半边要大一些，好像是她小舅用过的。刚上学就有石板用，可不是人人都有这样的好事，就像三妮儿，她就没有，她什么也没有，没有书包，没有书，没有石板，那些都是她弟弟的，她是沾了她弟弟的光才能上学的，东西当然跟她弟弟一起用。

穿过过道，是碎青砖铺的一条窄甬道，连接着一排平房，从东到西，是一到五年级的教室，还有老师的办公室，校长室在过道右首。房前有棵大梧桐树，树上有霞渣子窝，喳喳地叫，很久以后才知道这种鸟还有个名字叫喜鹊。教室屋墙上的青砖，有些坑洼不平，很久以后才知道这教室是用坟砖盖的。新砖没钱买，就打旧砖的主意，旧砖哪儿有，当然是老祖的屋了。村里人说，人都死了不知多少年了，连魂都没影了，占着那地干什么？拆了，平了。于是就拆了，平了，不知老祖去哪儿住了，反正年年寒食和过年的时候，好多人家去给他们送吃送喝，还送钱，送到哪儿？老祖的老屋那地。

拆了旧屋盖新屋，拆了老祖的屋盖学校。厚实的青砖，带着湿气，光滑的石条，能照出人影。教室冬暖夏凉，阴气重。到花朵他们上学的时候，角角边边都是阳气，哪还有阴气重这说。老师说，你们真幸福，用着木头桌子，坐着木头凳子，我们上学那会儿，用的都是泥巴课桌泥巴凳子。

学校周围都是住户，院里有些槐树、杨树，阴影落在地上，孩子们就在这阴影里玩耍、嬉戏。教室前有粉花子，蜜蜂为花粉忙碌着。有时一只蝴蝶飞进教室，引得学生们扑打，老师就拿黑板擦敲讲桌，安静，安静。蝉鸣唱着，一阵高一阵低。课后，男孩子们或像男孩子的女孩子——比如花朵，用弹弓打，用脚跺树，蝉会大叫一声，洒下一泡尿，飞走，到另一棵树上，继续它们的演唱。除了死亡，谁都不能阻止它们的演唱。

开学第一天的时候，老师让学生们在教室外站队，由高到低成一排，老师说了好几次不要讲话，拽着这个同学的胳膊，推着那个同学的后背，好歹成了形，曲里拐弯得像一条刚吞了老鼠的蛇。花朵觉得他们特像一个个地瓜蛋，滚过来滚过去，终于，滚进教室了。两人一块儿坐一张桌，从教室后面往前坐。教室里有三排课桌，靠南墙一排，靠北墙一排，中间一排。花朵坐中间最后一排，同福来——学名花大学坐一张桌子。她进来的时候，她的同桌正像一只站在墙头的鸡，凌空飞落，那嘚瑟的劲头，看得她眼热着。一张又一张桌子在他脚下抖动，并引发了一连串的尖叫和追打，“我的书”“我的石板”“福来你个大坏蛋”，花大学如一只秃尾巴的公鸡，在教室里一路流窜。

不知谁喊了一嗓子，老师来了，一阵如急雨打在梧桐树叶子的声音过后，老师已走到教室门口。老师扎着两条辫子，辫梢修剪得整整齐齐，在两个肩膀上荡过来荡过去。老师长得鼻子是鼻子，眼睛是眼睛，唯一令人不满意的地方，就是长了一口龅牙，一笑，露出红红的牙龈。看着她，花朵就想起姥姥村子的马。姥爷是饲养员，常住在马棚里。一次，花朵进了马棚，不知多少匹马抬起埋在马槽里吃草的嘴，长长的马脸，咧着大大的嘴，嘴唇一翻，露出长牙，马啸声起，吓得她躲得远远的。她的表妹、表弟们却不怕，每次去马棚，她都紧跟着表弟，抓着他的胳膊，躲在他身后，他个子比她矮一截，敢伸手到马槽里抓马料，马料有时是豆子，有时是豆饼，反正都好吃，还拍马脖子，摸马眼，抠马嘴，她却永远不敢动马一下，哪怕是摸摸马肚子上的毛。

从老师的脚迈进教室那一刻，同学们就变得老实安静起来。“起立，敬礼。”花朵紧张地喊着口令，老师走到讲台上站好，面向同学微笑点头，她就再喊一声“坐下”，又是一阵凳子桌子碰撞声，同学们坐好，开始上课。

老师在黑板上写了个大大的“3”，然后领着同学们读了几遍，又教怎样写，同学们拿石笔在石板上写，就听着教室里一阵小鸡啄米声。老师从讲台上下来，踱步，看了右边看左边，手里搓磨着一支粉笔。老师手里的粉笔可不是吃素的，上着上着课，“啪”粉笔头像被弹弓打出的泥蛋子，落在某个同学的脑门上。王大学说，老师准头大，指谁打谁，弹弹不落空，比他打弹弓的准头强了不是一截子，能让全班同学静得只剩喘气声。老师沾着粉笔末的手点着刺猬的石板说，你这个脖子太短了，指着花大学的说，这是写了个啥？这“3”趴着睡觉还没醒？擦了重写。转到花朵那儿，她伸手拿起石板，看看，都看看，边说边放在几个学生的面前，就照这样写。昨天学写拼音“a”，也是她写得好，花朵有些沾沾自喜，这些太简单了，在家里，她父母早教会了她。她写得比老师写得都好看。

天气转凉，三妮儿和刺猬穿上褂子了。三妮儿的褂子，肩膀上有两块补丁，胳膊肘上有两块补丁。刺猬的褂子是夹褂子，拿往年的棉袄抽出棉絮改做的，袖口、衣角处缝了不一样的布。三妮儿的裤子，能装她这样的俩，裤腰向右边一扁，用一根布条扎在腰上，布条结了三个疙瘩，裤脚挽到膝盖以上，刺猬是短裤，屁股上一块大补丁，裤裆耷拉着，像拉了一裤裆，直接用捆麦子的草绳子扎腰。

花朵一见他们就说，我娘给买新石板了。花朵从书包里掏出来给他们看，攥着石板的手一直没松开。三妮儿摸了石板框又摸石板面说，真好。刺猬的眼和手几乎一起贴在石板上，哇，还有字呢。在石板木框上，花朵用小刀一笔一画刻上“好好学习，天天向上”。当然有字，花朵说着，在三妮儿和刺猬的注目下，花朵幸福地把石板放进书包。

这石板面泛白，干燥，不水润，这就需要养，用唾液擦。平时吐的多了，奶奶见了就不让，把身上的好东西都吐没了。花朵不听，照常往石板上“呸呸”吐上唾沫，用手指头擦，指头肚儿都有血印了，一碰就痛。有些同学用褂子袖子擦，再加上擦鼻涕，把袖子弄得锃亮锃亮的。不知哪个同学发明了石板擦，找块旧布卷起来，做成拇指大小，用线一圈圈绕着捆起来，这样擦石板好用多了。最好用的是胡萝卜擦，拿块胡萝卜，直接对着石板擦，直擦得油亮润滑，写出的字格外好看。

下课的铃声响过，老师前脚走出教室，花朵后脚就从口袋里掏出一根绳，前桌的三妮儿早已转过身，两人玩起翻花绳。缠绕于她们双手间的线绳有四个疙瘩，一段粗一段细，有白的有黑的，她们玩得很投入，只见二十根手指头翻得飞快，一会儿你翻成“鸡爪”，一会儿我翻成“面条”，一会儿结“渔网”，一会儿“扁担挑”。翻得兴起，茅房都顾不得去。忽然，花朵听到“咯”的一声，好似咬在牙齿间的瓜子裂开，又好似站在刚结冰的河面上，“咔、咔、咔”裂开来，受惊吓的人赶紧跑掉，刚刚三妮儿的胳膊肘就站在花朵的石板上，听到声音，三妮儿飞快地拿开她的胳膊，却被花朵拽住，两人一块儿看着石板上的裂纹，蒙了。花朵心里疼得，那感觉就像割草时让镰刀割破了手，还是个大口子，血珠子“咕噜咕噜”往外冒。一块石板对她来说，就如同家里的那口八印铁锅，孩子们打架，大人们动不动就拿砸你家的锅来吓唬他们，没了锅就没法做饭，没法做饭就没饭吃，没饭吃那不是要命吗？没石板怎么写字算题做作业，没法写字算题做作业还是上学吗？花朵难以接受她宝贝的石板破了的事实，这事太严重了，严重得她不得不尖叫，像要捉住被卖的猪那样叫着，赔我石板，赔我石板。三妮儿也哭了，只掉泪只摇头。

花朵放学后也不急着回家做饭了，直追着三妮儿要她赔石板。

三妮儿说别对我爹说，你让我干什么都行，让我爹知道了，他会打死我的。

花朵说，就说，偏说，谁让你打破我石板的，你知不知道，这是我求了我娘多长时间才给我买的吗？我拔了一年的草喂兔子，早上还起来搂了一冬天的柴火，我娘才给我买了这块石板，现在说没就没了，你说上学咋办？说着她又哭起来，我娘再也不给我买石板了，她真的说到做到。

三妮儿哭哭咧咧地说，我不是故意的，我不是故意的。

刺猬跟在后面，抱着书和石板，他说，求求你别同我爹说，要不，咱俩换了吧。

花朵用手点着刺猬怀里的石板，你的更破，半边，还缺了个角。

花朵追着进了他们家。

其实花朵早就知道他们娘生病，是一种很厉害的病，吃药打针也治不好。他们家的羊，是专门养来产奶供她喝的，说是对她身体很好。

一进屋，花朵感觉好像来到了地道里，黑咕隆咚，什么还没看见，就觉一股怪味扑脸扑鼻子，熏得她一个趔趄，胃里有东西向喉咙涌来。花朵用手捂住鼻子，这才注意到，三妮儿家木窗棂上贴着纸，麦色的纸给风吹得抖索，阳光从一个两个的孔洞里透进来，有细微的光点在飞舞，使得屋里明亮起来。三妮儿娘躺在炕上，身子裹在被子里，脸向着外面。花朵看见她露出脸，那脸暗黄，像一把生了锈的铁锹，靠在角落里。白头发乱得像下了霜的鸡窝草，眼睛没有神采，眼角带着眼屎，从被窝里伸出手，脸上浮出一丝笑容，大妮儿来了，给块糖吃。花朵放下捂鼻子的手，花朵没有要她的糖，也没说石板的事，只说，娘娘，这糖留着你自个儿吃吧。

花朵出来就看到三妮儿的二姐抱着柴草往屋里走，迈一步就像有人在她后面推她一把，她有一条腿不会打弯，村里人都知道她这是生病造成的。二姐很热情，说朵儿好长时间没来玩了，多玩会儿，正好教教我认几个字，看看我家三妮儿和刺猬教得对不对，这两个笨的，别是教错了。二姐是村里出了名的手巧和好学，她不能上学，不能上坡，干不了重活儿，就跟着村里的老婆婆学针线活儿。

花朵从三妮儿家出来的时候，她家的羊原本趴着的，看到花朵经过，站起来“咩咩”地叫了几声。花朵拽了几根蹲拔草，递给它。羊温顺地把草卷了嘴里，吃了。

花朵、三妮儿、刺猬他们三个像以前一样，一块儿上学，一块儿放学，一块儿玩耍。

花朵又用了那块旧石板，破了的石板，正好解开了拿来做石笔。用小木尺比照着，拿小钢锯条一下一下切割，割下像麦秸一样细的石板条，拿到河边找块石头磨，或是下了雨，找块青砖，在校园里水洼边磨。在乒乓球台周围也围满了磨石笔的同学。磨一会儿，转动一下，撩上水冲刷冲刷，白粉末随着流到水里，石笔越显得细滑。食指与拇指的指甲磨没了，磨到皮肉了，磨去石条上的棱，磨得石条圆又滑，磨成两头尖中间粗，放在手心里，如一条寸把长的小青鱼。用这样的石笔写字，线条细，写的字小，好看。当然这石笔在用的时候，也要小心点，用力过大，容易折了。

为了抵消打破石板的过错，三妮儿没少帮花朵磨石笔。

三妮儿磨的石笔，不是像，简直就是小青鱼，修长的身子，圆润的鱼头，两个小巧的鱼翅，尖尖的尾巴用来写字，它们排放在花朵的手心里，就是她们在村里的小河湾里捉的鱼儿，仿佛不用两只手捧着，这石笔就要乱蹦起来，落在地上。花朵不好意思自己一个人全用了，就拿了些给三妮儿给刺猬，还拿着送给了表妹几根。

割草的时候，花朵留意到三妮儿专找茅草多的地方，有时还看到她成捆成捆地割茅草。茅草晒得半干，搓成草绳，编草包子，自家用，也拿到集市上卖，村里有些人专门干这活儿。偶尔看到刺猬跟着花大学，花大学拿着弹弓打鸟，刺猬给他递泥蛋子。听说，花大学常让别人帮着他团泥蛋子，一百个泥蛋子一分钱。花大学的爹在外地当工人，不差钱。

有一天，三妮儿去花朵家，拿着一块儿石板，对花朵说，我来赔你的石板，以后我不上学了，我爹也生病了，还有花树皮不疯，他是装的，我问过他，不疯干吗装疯，他说，他不装疯就没法活。

花朵拿着石板，站在院子里，看着三妮儿离去，她想说，她现在常用的是本子和铅笔，不大用石板了。